致青春 058

# 以你為名的小時光

（上）

東奔西顧　著

高寶書版集團

# 目錄
## CONTENTS

# 第一章　妖孽也成雙

夏日的午後，雖然已經三、四點鐘，但陽光依舊毒辣，透過層層樹葉，在地上打下斑駁的光影。一棟二層樓的小洋房裡，書房正中央站著一個十五、六歲的少年，皮膚白皙，五官精緻，頭髮有些淩亂，校服歪歪扭扭地套在身上，竟然有種說不出的好看，那雙眼睛低垂著，眼尾挑起，雖然年紀小尚未長開，但身上卻帶著一種若有似無的吸引力。

他對面的沙發上坐著一位精神矍鑠的老人，正一臉嚴厲地責罵他。

「今天你又蹺課去打籃球！如果不是被我逮到打電話給你，你是不是打算晚上再回來啊？」

少年抬起頭，一雙眼睛細長明亮，臉上帶著討好的笑：「沒有，爺爺，怎麼會呢，我真的沒有去打籃球！」

老人瞪他一眼：「還嘴硬！我……」

老人還想再說點什麼，就聽到外面的喧鬧聲。

「江聖卓！你給我出來！說好的下午陪我去買參考書，你又放我鴿子！我在太陽底下等了兩小時！」喬樂曦敲開江家的門就大吵大嚷，一張小臉紅撲撲的，不知是曬的還是氣的。

江奶奶迎上去笑著哄了兩句：「他爺爺正在訓他呢，丫頭妳就別生氣了。」

喬樂曦往那道門一看，房門正好從裡面打開，老人一改剛才的嚴肅，笑瞇瞇地走出來，身後跟著無精打采的江聖卓。

江爺爺親切地對喬樂曦招招手：「丫頭，過來爺爺這邊。」

喬樂曦一看到江聖卓，好不容易壓下去的火又拱了起來，跑過去對江爺爺控訴他的罪行：「爺爺，那本參考書特別難買，我好不容易才打聽到城南那家書店有，我又不知道路，就讓江聖卓陪我去，說好的在籃球場等，結果我等了兩小時他都沒來！不知道現在賣完了沒……」邊說邊沮喪地垂下了腦袋。

江聖卓站在一旁也低低地垂著頭，看上去像是悔過，嘴角卻抑制不住地往上翹。

江爺爺睨了江聖卓一眼：「你這小子不早說！我還以為你蹺課去打球呢！」

江聖卓攬著江奶奶嬉皮笑臉地開口：「我早說了，是您不信啊，對吧，奶奶？」

江奶奶輕輕地拍了一下他的腦袋：「你這小子老是油嘴滑舌的，不正經！」雖然口氣嚴厲，但眼裡滿滿的都是溺愛。

江爺爺摸摸喬樂曦的腦袋：「別哭呀，丫頭，我這就讓他陪你去。」說完叫來警衛，「你讓司機送他們兩個過去，快去快回。」

喬樂曦立刻出聲阻止：「別，爺爺，您那車牌號一出現，就會引起圍觀，我可不敢坐。我們搭計程車去就行。」說完拽過江聖卓，「快走吧，再晚就真的賣完了！」

兩個人拉拉扯扯地跑了出去，喬樂曦還不忘回頭：「爺爺、奶奶再見！」

江奶奶在身後囑咐：「路上注意安全！」

兩個人跑出了那棟小洋房，走到大院東南角的樹蔭下。喬樂曦甩開江聖卓的手臂，一臉嫌棄：「你說你！蹺課去打籃球就算了，還被抓了個正著，你行不行啊？還要我來救場，我和萊萊正在逛街呢！」

這種老把戲，他們倆從小玩到大，默契十足。

江聖卓懶懶地靠在樹上，挑眉看她，細長黑亮的頭髮紮成馬尾，齊劉海下那雙眼睛裡聚滿了金色的陽光，此刻一張小臉氣得鼓鼓地看著他。

江聖卓沒忍住嗆回去：「妳還蹺課逛街，有本事啊！我哪知道那麼巧啊，欸，妳怎麼知道我被揪回來了啊？」

喬樂曦白了他一眼：「葉梓楠打電話給我了唄，他可真是你的好兄弟啊！你前腳剛被抓，他後腳馬上打電話給我讓我來救你。」

江聖卓懶洋洋地揚著手：「這次就謝謝妳囉，巧樂茲！」

喬樂曦一聽到這個詞立刻炸了毛：「告訴你多少遍了！不許叫我巧樂茲！江蝴蝶！」

江聖卓一臉壞笑：「我就叫，巧樂茲、巧樂茲……」

「江蝴蝶、江蝴蝶！」

「哎喲，妳別踩我啊！」

「你別扯我的頭髮！快放手！」

「妳先收腳我就放手！」

「你先！」

「妳先！」

「……」

響徹盛夏的悠悠蟬鳴中，年紀相仿的男孩女孩正鬧得不亦樂乎。

——※——

幾年後。

還是那棟洋房，還是那間書房。

當年的那個少年如今已經長成了眼前的翩翩公子，帶著幾分桃花相，一身灰色的休閒裝襯得整個人越發清俊，不過依舊規規矩矩地站著。

當年的老人吼起來依然中氣十足：「買了那麼招搖的車！還掛了這樣的車牌，整天在外面招搖過市！我和你爸的臉都被你丟盡了！」

江聖卓挑挑眉，這些話他從小聽到大，都能倒背如流了，可臉上卻不敢表現出半分不耐煩，只是心裡有些著急，偷偷瞟了一眼牆上的時鐘，內心嘀咕著，她怎麼還不來啊。

江聖卓剛嘀咕完，樓下就傳來了喊叫聲。

「江聖卓！你給我出來！別以為你躲在這裡，我就拿你沒轍！」

當年的小姑娘頭上的馬尾散了開來燙成了大捲，鬆鬆散散地垂下來，臉上化著淡妝，如果忽略掉那滿臉怒容，應該是個上乘的美女。

江聖卓跟在江爺爺身後下樓的時候，對著喬樂曦伸出大拇指，隔空對口型。

喬樂曦看都不看他，上前攬住江爺爺的手臂，手裡拿著一張報紙：「爺爺，您看！他又和女明星出去吃飯！」

娛樂版頭條的配圖，是他和當紅女明星在吃燭光晚餐，燭光昏暗，他的臉在模糊的光線裡格外柔和，有一絲動人心弦的帥氣，照片上的他大大方方地對著鏡頭眉開眼笑，絲毫不在意狗仔隊的跟拍。

相似的橋段，一樣的結果。

出了江家的門，喬樂曦就開始訓他：「江蝴蝶，老爺子年紀大了，你就不能少出點事，讓他老人家省省心？這種把戲，我們倆從小玩到大，你真當老爺子是傻的啊。他不過是順著臺階下放你一馬，你怎麼不知悔改呢？」

「哼，我從小就是這樣，忽然安靜了，我怕老爺子不習慣接受不了。」江聖卓靠在車邊點了一根菸，叼在嘴裡歪頭看她，一雙桃花眼斜飛入鬢，一開口便是玩世不恭的調調，「妳剛才說什麼？少出點事？前陣子不知道是誰啊，去酒吧玩到後半夜被她爸查崗逮到，拿我當擋箭牌，說什麼和我一起討論設計圖呢，真是說謊都不會臉紅的啊。我和妳們公司合作的那個專案結束了沒有一年也有八個月了吧？我和妳討論什麼設計圖呢？春宮圖？」

喬樂曦被他說得臉紅，對他皺皺鼻子：「是我行了吧？當年也不知道是誰，留學的時候和黑人玩 Hip-Hop 鬥舞，影片傳得整個留學生網站都是，結果被揪回家檢討！」

「是我是我，我承認，那又不知道是誰，高二那年一聲不響就要去西藏，還硬要拉著我一起去，回來又拉著我做墊背的……」

「那又是誰……」

青梅竹馬就是這點不好，一旦鬥起嘴，自小到大所有的糗事對方都一清二楚，互相攻擊。

到了最後，喬樂曦被氣得跳腳，一巴掌拍過去：「怎麼說我也是一個弱女子，你就不能讓讓我？」

江聖卓哈哈大笑，好像她的話是個天大的笑話，戲謔著開口：「還弱女子呢？妳就是一個腹黑女金剛，我讓得著嗎？」

「……」

最後兩個人氣喘吁吁地靠在車邊暫時休戰。

喬樂曦用腳踢踢江聖卓：「你就不能學學低調這兩個字怎麼寫？」

江聖卓冷哼一聲，意有所指地瞟她一眼：「我又沒偷沒搶，我自己賺的錢買的車，為什麼要藏著躲著，跟幹了見不得人的事一樣？誰跟妳似的，那麼會裝，虛偽。」

喬樂曦白了他一眼，他現在就是一個遊戲人間的放蕩公子哥，她懶得和他計較：「我和你沒什麼共同語言。」

「我說」，江聖卓捻滅菸頭，雙手插在褲子口袋裡，半垂著頭看她，「妳今天用這個理由，就不怕老爺子誤會妳在吃醋？」

喬樂曦歪頭看著他，他懶懶散散地站著，卻有一種悠然自得的帥氣，她愣了一下，很快笑出來：「哈哈，吃醋？別說笑了，我們都認識多少年了，如果要有什麼早就有了，還會等到今天？哈哈，笑死人了！」

江聖卓也笑了出來，眉眼彎彎，兩頰上的酒窩格外深：「也是，我也是這麼想。」

喬樂曦和江聖卓從不記事時就認識了，他的爺爺和她的外公是戰友，比親兄弟還親，他的父親和她的父親又是竹馬，他們從小在同一個大院裡長大，淵源頗深。

大院裡的人都說，江家和喬家各出了一個瘋子，江家的小兒子和喬家的小女兒，同樣叛逆，不過一個張揚外露，一個低調內斂。

從懂事開始，喬樂曦每次見到江聖卓，他身邊的女孩子總不是同一個，女性朋友眾多，私生活一塌糊塗，就算在他去美國留學的那幾年，喬樂曦還是能從各種管道上看到他和各個類型的美女的親密合照。

用喬樂曦的話來說，就像普及教育一樣，不分種族、膚色和宗教信仰，葷素不忌，冷熱皆宜。

江聖卓在喬樂曦的眼裡就是個典型的紈袴子弟，吃喝玩樂無所不精，萬花叢中過，偏偏還頂著一張英俊的面孔招搖過市，估計他招惹過的女人能繞本城三圈，所以喬樂曦對他嗤之以鼻，從沒有過好臉色。

江聖卓同樣看喬樂曦不爽，虛偽能裝，從小就知道在人前眨著一雙大眼睛裝乖巧，人後張牙舞爪，她的行徑他一向不齒。一樣是蹺課、吃喝玩樂，但一到長輩面前她就裝得跟小白兔似的。從小他一被罵，榜樣就是喬家的那個小丫頭。誰知道沒外人的時候，她能鬧到戳破天！

血氣方剛的年紀，年輕氣盛的兩個人互看不順眼。

江聖卓在喬樂曦的眼裡是花蝴蝶、種馬，喬樂曦在江聖卓的眼裡是披著羊皮的大灰狼、美女蛇。他們在對方眼裡都是禽獸，是黃曆上的那四個字——不宜嫁娶。

兩個人見面總是分外眼紅，他薄唇輕啟，她勾唇一笑，唇槍舌劍、刀光劍影、血雨腥風、針尖對麥芒。

再後來，喬樂曦又長大了一些，她終於見識到了江聖卓風流少爺表面下的另一面，說他是紈綺子弟吧，他卻事業有成，說他是青年才俊吧，他又整日桃花氾濫來者不拒。雖然看不透，但她卻知道江聖卓不是個簡單的角色，不是每個大少爺隨隨便便去國外灌幾年的洋墨水，回來就能像他這樣呼風喚雨的。

在那個大院裡長大，她身邊的世家子弟不在少數，但沒幾個能有江聖卓今天的成就。可她卻從沒見過他工作，在所有人眼裡，他是個奇跡，整日開著超跑勾搭各路美女，卻把生意做得風生水起。

不明就裡的人都以為他是靠家裡的關係，喬樂曦卻知道不是這樣的。江伯伯每次見到這個小兒子都恨不得踹他幾腳，又怎麼會幫他呢？她不明白，怎麼想都想不明白，但她知道，江聖卓是個危險的角色，不顯山不露水，還把自己偽裝成一副人畜無害的樣子，不是她可以招惹的。

有了這個認知，她也就不再那麼針對他了。江聖卓意識到了她的休戰意圖，也就不再還擊。不過，這些都絲毫不影響他們十幾年的戰友情誼，無論他們內訌到什麼地步，總能一致對外。每次江聖卓被家裡揪住小辮子狠批的時候，都要靠喬樂曦的插科打諢躲過去，而喬樂曦每次蹺課出去玩都需要江聖卓的配合。

這種關係一直持續到高中畢業前夕，他們先後出國留學，才終於終止。可清淨了沒幾年，喬樂曦率先回來，又過了兩年，江聖卓也大搖大擺地殺回來。不需要任何暗示，這種默契繼續。

——※——

幾天後，豔陽高照的中午，喬樂曦正坐在窗邊對著面前的海鮮炒飯大快朵頤。剛從基地站回來，此刻的模樣連自己都嫌棄，幾天沒洗澡了，臉上連乳液都沒用，當真是素面朝天，因為在基地站戴了幾天的安全帽，頭髮被壓得扁扁的，身上的衣服也是為了工作方便而穿的長袖長褲。她只盼著填飽肚子後回家泡個澡，在床上睡個昏天黑地。

忽然一隻骨節分明的手輕輕敲了敲她的桌子，喬樂曦含著勺子抬起頭，就看到了擁著美女的江聖卓。他的出場從來都是如此，沒有半分新意，永遠衣冠楚楚，永遠溫香軟玉抱滿懷，而且永遠都是在她萬分狼狽的時候，每一次！就沒有一次讓她愉快過！

喬樂曦拿下勺子，努力咽下嘴裡的飯，勉強擠出一絲笑容，聲音有些變調：「這麼巧？」

順便瞧了一眼他懷裡的美女，大大的眼睛、尖尖的下巴，是時下最流行的美女臉，不過美女明顯並不怎麼待見她，看她的眼神裡流露出幾分傲慢，似乎不明白江聖卓怎麼會認識如此不修邊幅的女人。

江聖卓倒是沒在意，興致勃勃地向她炫耀：「美吧？妳看她的嘴巴，是不是長得有點像孟萊？」

喬樂曦面無表情地低下頭繼續吃飯，心裡腹誹，孟萊、孟萊，你這輩子就栽在孟萊身上了！

江聖卓拍拍美女的屁股：「寶貝，妳先去包廂點餐，我等一下過去。」

美女紅著一張臉走了，離開前還不忘含情脈脈地看了一眼江聖卓。

江聖卓立刻坐到喬樂曦對面，對她擠眉弄眼：「妳不知道，將她那張小嘴含在嘴裡的時候有多甜……」

喬樂曦抬起頭惡狠狠地瞪了他一眼：「姓江的！你能不能不要在我吃飯的時候，聊這麼噁心的話題！」

大概是她此刻的表情太猙獰，江聖卓聽話地閉了嘴，卻又換上了一副嫌棄的模樣上上下下打量著她，許久才慢悠悠地開口：「您這是剛從基地站回來？」

喬樂曦終於解決完炒飯，灌了幾口飲料才點頭。

江聖卓搖頭晃腦地嘆息：「一個女孩子，做什麼不好，偏要做這個，真是……」

喬樂曦一口飲料含在嘴裡差點被嗆死：「你給我停下，怎麼這話從你嘴裡說出來，聽起來就那麼彆扭呢，好像我是從事特殊職業的失足少女？」

江聖卓一臉奸笑，臉上沒有被戳穿的尷尬，反而大大方方地承認：「呀，被妳聽出來了，我下次一定說得更隱晦一點。」

喬樂曦睨他一眼：「你還是快去關心剛才那個美女吧，江蝴蝶！」

江聖卓勾唇一笑，滿目桃花：「喲，妳這是嫉妒吧！嫉妒人家比妳年輕、比妳漂亮、比妳更女人！」

喬樂曦忽然眉開眼笑：「我嫉妒她？哈哈，我今天是剛回來，我平時哪天不比她漂亮？再說了，她能上基地站指導工人幹活嗎？你那輛拉風的跑車壞了她能修嗎？她家裡電路跳閘了她會換保險絲嗎？一點生活技能都沒有的花瓶，我、用、得、著、嫉、妒、嗎？」

江聖卓摸摸下巴，搖頭晃腦：「嘖嘖嘖，妳這張嘴真是越來越毒了，不知道哪個男人有這個口福和膽量嚐一嚐。」

喬樂曦一臉假笑地對著他：「是誰都沒關係，反正不是你。」說完拿起包準備走人，發現江聖卓也站起來搖著車鑰匙跟在她身後時，喬樂曦轉身奇怪地看著他，「你要幹什麼？」

江聖卓一副理所當然的樣子：「送妳回去啊！」

喬樂曦擺擺手：「不用，你快去你的溫柔鄉吧，我自己回去就行了。」

江聖卓極正經地提醒她：「妳要想好了啊，這地方可不好攔計程車。」

喬樂曦皺著眉想了一下，抬起頭對他甜甜一笑：「那真是麻煩卓少了。」

江聖卓頗有紳士風度地微笑點頭：「喬小姐客氣了。」

一上車，喬樂曦就深吸一口氣，微一挑眉：「嗯，今天這香水味不錯，看來這位女士品位挺高，有空幫我問問叫什麼名字，記得幫我買回來。」

江聖卓正在倒車，漫不經心地點點頭：「好啊，到時候一手交錢一手交貨。」

喬樂曦「切」了一聲，很不屑地瞪著他：「我說，您至於嗎？您送別的女人禮物那可是一擲千金啊！前幾天拍賣會上你拍下那條鑽石項鍊送給宋美人，那可是轟動一時啊，怎麼到我這裡就一毛不拔了呢？再怎麼樣，我也算是你名正言順的青梅竹馬吧？」

「我記得上次那個工程，就是和我們公司合作的那個項目，妳可沒少收我的錢，而且比市價高了好幾成。」江聖卓踩下剎車，彎著唇角慢悠悠地靠近，「我沒記錯吧，喬小姐？那個時候妳怎麼不想著我是妳的青梅竹馬啊？」

喬樂曦心虛，不耐煩地揮揮手：「走開走開！真是奸商！我先睡一下啊，到了叫我。」

說完靠在椅背上打了個哈欠閉上了眼睛，江聖卓順手把車內的空調調小，翻出一條薄毯扔在她腦袋上，喬樂曦掙扎著伸出腦袋狠狠地瞪了他一眼接著睡。

江聖卓這個司機把她送到樓下時，接了個電話，聽電話那邊的意思大概是有個聚會想叫他一起參加。

喬樂曦頗為懂事地擺擺手，邊打哈欠邊打開車門下車：「好了，你不用送我上去了，忙你的去吧！」

江聖卓也沒跟她客氣，很快開車離開了。

他不上樓正好，反正她現在也沒什麼精力招待他。到了家她急匆匆地洗了個澡，就趴在床上睡了過去。

——※——

喬樂曦是被手機鈴聲吵醒的，一接起來那邊就傳來關悅的怒吼聲：『喬樂曦！約好了一起吃飯，妳現在人在哪裡？』

喬樂曦愣了幾秒鐘，打開檯燈才反應過來自己身在何處，然後也想起來約了關悅去新開的西餐廳試吃，抬頭看了一眼時間，她立刻軟著聲音道歉：「對不起啊，我忘了，妳等我十五分鐘，我馬上到！」

好在她住的地方離那家西餐廳並不遠，十五分鐘後喬樂曦就坐在了關悅對面，滿臉笑容地看著她。

可惜關悅始終黑著一張臉，連眼神都沒甩一個給她。

喬樂曦哄了半天，關悅終於哼了一聲，兩人恢復正常邦交。

喬樂曦邊看菜單邊嘀咕：「都說孕婦脾氣大，還真不是傳說。」

關悅正一臉不耐煩地接自家老公的電話，電話那頭的男人仔細地叮囑著什麼，話還沒說完就被關悅掛了電話。

喬樂曦看看關悅的臉，又看看她微微凸起的肚子，滿臉豔羨：「一手畢業證書一手結婚證書的人，真是羨慕死人了喲！有個青梅竹馬就是好呀！」

關悅點了杯咖啡，馬上遭到喬樂曦的反對：「別，妳千萬別，被妳們家謝恒知道了會追殺我的啊？」說完轉頭對服務生說，「給她來杯鮮榨果汁，謝謝！」

關悅轉頭看她：「青梅竹馬什麼的妳不是也有嗎？羨慕什麼？江聖卓這個妖孽還不夠嗎？」

喬樂曦撇撇嘴：「他？還是算了吧！青梅竹馬這種東西啊，甲之蜜糖，乙之砒霜，妳們感情好兩小無猜的才是青梅竹馬，我和江蝴蝶這種從小打到大的呢，叫青槍竹炮比較貼切。多虧了法律健全才能容忍對方一起長大，畢竟殺人犯法嘛！再說了，我道行尚淺，降不了這種千年妖孽，還是讓他禍害別人去吧。」

都說白天不能說人，晚上不能說鬼，喬樂曦中途去洗手間，剛走過盆栽就看到一桌子的熟人。這種帶有浪漫情調的地方其實比較適合一男一女兩人用餐，可看到他們這樣一群人圍著一張大桌子，喬樂曦竟也不覺得彆扭。

她一眼就看到了江聖卓，此時他的手臂正懶懶地放在旁邊傾國傾城美人的椅背上，低頭在她耳邊說著什麼，引得美人嬌笑不斷。

他和那些女伴相處的場景，她也是見過的，明明一副輕浮放蕩的樣子卻難掩優雅，著實讓人嫉妒。

旁邊有人看到了她，笑著跟她打招呼。

蕭子淵、葉梓楠，再加上施宸，都是江聖卓從小到大的好兄弟，他們四個，從小調皮搗蛋，喬樂曦看了二十多年。對於這個四人幫，喬樂曦曾經評價：他們四個，一個很悶騷，一個很傻很執著，一個很霸氣，一個很中二病很不可靠。

江聖卓一臉好奇地問他是哪一個，喬樂曦看看其他三個人，然後偏過頭笑得花枝亂顫，其他三個人笑而不語，答案顯而易見。

一一打了招呼，她盯著傾國傾城幾秒後，不懷好意地笑著對江聖卓說：「嗯，這個看上去好像比上午那個更有氣質，經過一個下午，你的品位著實提高了不少，量的積累果然會帶來質的飛躍！」

話音剛落，她就成功地看到美人的臉色像個調色盤一樣變幻不停，有意思得很。

喬樂曦忍笑忍到內傷，江聖卓笑容未變地看著她：「謝謝誇獎。」

這下調色盤的臉色澈底白了。

這次喬樂曦注意到葉梓楠身邊坐著一個女孩，很甜很規矩，帶著學生氣，穿著打扮也和其他三個人的女伴不是同一種風格，這勾起了她的好奇心。

說了幾句不痛不癢的話，喬樂曦就走了。

站在洗手間的鏡子前，她學著剛才那塊調色盤變換著臉色，自娛自樂，最後哈哈大笑，摸摸自己的臉：「怎麼看都是個美女啊，比調色盤強多了。」

然後一臉滿意地推門出去，誰知剛踏出去一隻腳就看到了江聖卓正靠在不遠處：「在裡面看到什麼好吃的了，開心成這樣，笑得這麼大聲？」

喬樂曦臉上笑瞇瞇的，嘴上卻一點都沒客氣：「嘴怎麼那麼賤呢，關你屁事？」

江聖卓皺眉：「女孩子不許說髒字！」

喬樂曦「切」了一聲，決定越過他離開。

「喏。」江聖卓忽然拿出一個精緻的香水瓶甩給她。

喬樂曦接過來，打開放在鼻前聞了聞：「嗯，動作這麼快，不會是跟上午那個美女要人家用剩的吧？你是了解我的，別人用過的二手貨我可不要啊！」

江聖卓瞇著眼睛笑，明顯有些喝醉了，並不接話。

喬樂曦湊上去仰著頭看他，神祕兮兮地問：「葉悶騷旁邊坐著的那個女孩是誰啊？長得好漂亮啊，剛才我多看了兩眼，葉悶騷就瞪我！」

江聖卓鬆了鬆領口：「妳也不看看妳那眼神，兩眼發綠光，跟狼見了肉一樣，他能不瞪妳嗎？」

喬樂曦馬上站直反擊：「你才是狼呢！色狼！」

江聖卓忽然轉了話題：「開車來了嗎？」

喬樂曦搖頭：「沒有啊，送去保養了，還沒來得及去取。」

江聖卓挑眉建議：「那等一下一起走？」

喬樂曦學他的樣子瞇著眼睛審視著他：「一起走？你有那麼好心？還是說，要我當電燈泡？」

喬樂曦靠得有些近，江聖卓順勢伸出食指勾她的下巴，一雙含春的眼睛霧濛濛地盯著她看。

喬樂曦的小臉瞬間發紅，心驚肉跳，一把推開他的手，東張西望，就是不敢看他，用不耐煩的聲音掩飾著什麼：「好了好了，一起走！就只會出賣色相！我先回去了，等一下叫我！」

喬樂曦轉身就走，邊走邊捂著胸口咬牙切齒地罵著：「跳這麼快幹什麼？沒出息的東西！」恨不得把自己的心掏出來一把甩出去。

江聖卓神清氣爽地回到飯桌上，宿琦看到他眉開眼笑的樣子嗆他：「有豔遇？這麼高興？」

江聖卓忽然來了興致，飛快地瞟了一眼宿琦旁邊的葉梓楠，對著宿琦笑得像隻狐狸：「剛才那姑娘漂亮嗎？」

葉梓楠正幫宿琦夾菜，手一抖，宿琦沒注意，認真地回答：「挺有氣質的啊。」

江聖卓挑眉：「妳也覺得不錯？這丫頭暗戀老葉好幾年了呢！」

宿琦愣住了，不知道該怎麼回答。

葉梓楠轉頭瞪他一眼，江聖卓一臉無辜：「你瞪我幹什麼，我說的都是事實，當年情書還是我幫她遞的呢！你不是還收了嗎？又瞪我……我說的都是事實……」

宿琦皺著眉看向葉梓楠，葉梓楠輕飄飄地瞟了江聖卓一眼，飽含深意，然後垂著頭好聲好氣地向小女朋友解釋。

江聖卓忽然間心情大好。

喬樂曦站在餐廳門前看著謝恒把關悅接走，才抬腿往江聖卓的車子走去。

江聖卓此時一個人靠在副駕駛座上，悠悠哉哉地閉著眼睛哼著小曲，喬樂曦奇怪地看了他一眼，又轉頭往後座看，一個人都沒有。

「你怎麼又換車了？那輛超級風騷的跑車呢？」

一說起這件事，江聖卓立刻睜開眼睛憤憤不平地回答：「被老爺子沒收了！說我炫耀！我哪裡炫耀了？」

「活該！」喬樂曦「噗哧」一聲笑出來，「欸，你那個穿得特別少的女伴呢？」

江聖卓又慢悠悠地閉上了眼睛：「打發了。」

喬樂曦發動車子，很快開了出去：「這麼快就膩了？你這速度也太快了吧？這一天我看見的就兩個了，你能不能積點德啊？」

江聖卓習慣性地回嘴：「我樂意，妳管得著嗎？」

兩個人說話本就如此，說一句頂一句，誰都不願意在唇舌上吃半點虧。

沒過多久江聖卓又開始東拉西扯，什麼最近哪個股票又漲了、哪個行業又出現了個美女、哪家又出了醜聞。

喬樂曦心知肚明，直接問：「你是有什麼事吧？」

江聖卓挺奇怪地看她一眼，義正詞嚴：「沒事啊！」

喬樂曦不理他，專心開車，江聖卓嘴上停不下來，從天氣預報扯到敘利亞戰爭，說了半天喬樂曦還是沒出聲，等著他開口。

江聖卓自說自話了半天，也覺得沒意思，聲音忽然低落了下來：「唉，我最近遇到了點麻煩。」

喬樂曦目視前方，不鹹不淡地回了句：「哦。」

江聖卓嘖了一聲：「唉，我說妳這人怎麼一點都不關心我呢，都不問問我有什麼麻煩。」

喬樂曦瞟他一眼：「我不問你也會自己說啊，我費那個力氣幹嘛？」

江聖卓悶了半天，忽然又開口：「跟妳商量一件事。」

喬樂曦的注意力都集中在路況上，嘴裡蹦出一個字：「說。」

江聖卓又沉吟半晌：「週末陪我回家一趟吧？」

喬樂曦意識到這警報起碼是橙色級別的，有些幸災樂禍：「老爺子又下旨宣你覲見？」

江聖卓看她想笑又憋著，眼裡的興奮藏都藏不住的樣子，很不情願地半抬著眼皮哼了一聲。

喬樂曦終於沒忍住，大笑出聲：「這次又是因為什麼？」

江聖卓聽到這立刻精神抖擻地睜開眼睛，義憤填膺：「逼婚！」說完轉頭問她一句，「妳說離不離譜？」

喬樂曦看了他一眼，懶洋洋地回答：「嗯，是夠離譜的，至今我還沒見過能鎮得住你這個妖孽的女菩薩。」

江聖卓似乎還想說什麼，喬樂曦飛快地修正：「當然，除了孟萊！」

聽到這個名字，江聖卓忽然冷了臉，雙臂抱在胸前面無表情地看著喬樂曦。

喬樂曦一下子就意識到自己踩到某人的痛處了。

江聖卓這個人一旦喝了酒是會變身的，平日裡玩世不恭的花花公子會一瞬間變得精明冷漠、獨斷刻薄。

喬樂曦不再開口，目不斜視地盯著前方，餘光都不敢往旁邊掃。果然，清冷的聲音很快響起：「妳怎麼就知道我這輩子就非孟萊不可了呢？」

喬樂曦不敢回答，有些人就是這樣，有個名字自己可以整天掛在嘴邊，但別人不能提，一提一定爆炸！

江聖卓繼續用陰陽怪氣的語調不依不饒：「怎麼？是沒話說還是不敢說？剛才話不是挺多的嗎？」

喬樂曦忽然煩了，一腳踩在剎車上，輪胎與地面摩擦發出刺耳的聲音，車子猛地停在了路邊，她轉過身瞪著江聖卓：「夠了啊，江聖卓！我不想揭穿你，你還沒完沒了得理不饒人了？」

江聖卓嘴角帶著一抹冷笑，幽幽地吐出一句：「說，今天我們就說個清楚！」

說完摸出菸含在嘴裡，剛準備點上，就被喬樂曦一把搶過打火機扔到了窗外。

江聖卓也火了，兩個人四目相對，眼裡都冒著火。

喬樂曦深知有些事是不能提的，剛才她確實有錯，於是她深吸一口氣，強行恢復理智，轉過頭重新發動車子。

一路無語，到了江聖卓住的地方，喬樂曦熄了火就下車，連看都沒看他一眼。

一下車就看到本市第一女主播李書瑤從車上下來，看樣子應該是等了很久，看到江聖卓的車子才走過來的，沒想到會看到喬樂曦，她愣了幾秒鐘。

喬樂曦看了一眼已經下車的江聖卓，皮笑肉不笑：「怪不得打發了剛才那位呢，這位比剛才那個強多了，不止有胸還有腦，我看這週末你帶她回家就行！」說完轉身就走。

江聖卓已經恢復了往日的模樣，似乎剛才的那場鬧劇沒發生過一般，他攬過李書瑤的肩，調笑著對喬樂曦說：「把車開走吧，改天我派人過去取。」

喬樂曦轉頭看他一臉迫不及待的樣子，那隻手都快摸進李書瑤的衣服裡了，惡狠狠地回了句：「誰稀罕你的破車！」然後大步往前走，再也沒有回頭。

江聖卓看著那個倔強的背影，勾唇笑了一下，喃喃低語：「臭丫頭，脾氣真是越來越大了……」

——※——

一連幾天江聖卓都沒動靜，喬樂曦眼看著離週末越來越近，她的心情越來越好，一副等著獵物自投羅網的模樣。

她可以想像得到，江聖卓目前的狀態應該是暴躁兼抓狂，她就不信他不來求她！

果然，下午開會的時候，口袋裡的手機就開始不停震動，喬樂曦一臉果不其然的表情，慢悠悠地拿出來，然後狠狠地按掉。

接連關了三次以後，喬樂曦心裡的那口氣徹底消失了，很是舒坦。一抬頭看到組長正瞪她，她趕緊扔了手機低眉順眼地開會。

當拖遝冗長的會議終於結束，喬樂曦看好時間，在手機鈴聲完結前的最後三秒鐘接起電話，那邊的江聖卓已經沒了脾氣。

喬樂曦心情愉悅：「喲，卓爺啊，您找小的什麼事？」

『……』

「您有什麼指示就吩咐啊，不用客氣。」

『……』

「江聖卓，再不說話我掛了！」

那邊氣若遊絲：『請妳吃飯。』

喬樂曦彎著唇：「我能說我檔期滿了，沒空招呼您嗎？」

那邊果然開始放狠話：『巧樂茲，我在妳們公司樓下等妳十分鐘，如果妳不下來，我就讓妳們整個公司的人都知道，喬家大小姐在微服私訪體驗民間生活。』

喬樂曦愣了一下，惡狠狠地回答：「江蝴蝶！你夠狠！吃飯是吧？好啊，看我不吃垮你！」

喬樂曦拖拖拉拉，在第十分鐘的時候壓線出現在江聖卓的視線裡。

然後，她真的想假裝不認識他。

粉紅色的藍寶堅尼 LP670-4 SV，旁邊站著身穿粉色襯衫的江聖卓，喬樂曦只能想到一個字。

——騷。

江聖卓身穿粉紅色襯衫、灰色西裝，懶懶地靠在同色的車子旁，看到喬樂曦，遠遠地對她勾唇一笑，喬樂曦立刻感受到一種妖氣橫生、勾魂攝魄的感覺，恨不得拿出照妖鏡讓他現出原形。

他今天和平時的裝扮不太一樣，看樣子應該也是剛從會議中解脫出來。江聖卓的五官本就長得精緻，皮膚又白，他平日裡總是一身休閒裝，給人一種慵懶優雅的感覺，此時看著一身正裝的他，雖然是粉紅色的襯衫，但卻沒有半點奶油小生的感覺，反而讓人覺得這個人斯文儒雅又不失風度。

喬樂曦被這個想法嚇了一跳，狠狠地鄙視了自己一番，才往那個方向走。

江聖卓的那副皮囊很能吸引人的眼球，喬樂曦的公司又處在繁華地段，來來往往的人總是有意無意地把視線放到他身上。他早已習慣，熟視無睹，從容自在，沒有半點不適應。

喬樂曦還忘了說了，江聖卓不止風騷，還自戀，今天學院派，明天龐克風，就沒有一天一樣的，現在又改走陰柔路線。

上了車，喬樂曦挺直腰桿，雙手交握放在身前，一本正經地問：「江總，我一直有個問題想問你，憋了很多年，今天實在是忍不住了，希望你不要介意。」

江聖卓知道她沒什麼好話，漫不經心地接招：「問唄，那麼客氣幹嘛？」

喬樂曦也沒客氣：「為什麼你每次出現都只能讓我想到一個詞，『明騷』。」

江聖卓挑挑眉，對她拋了個媚眼：「在這個悶騷橫行的年代，好不容易遇見我這麼一個明騷的，妳就好好珍惜吧！」

喬樂曦受不了他：「還有，你不覺得你今天這車，還有這襯衫的顏色太那什麼了嗎？」

江聖卓很好地詮釋了什麼叫不要臉：「只有這麼風騷的顏色才配得上小爺我這麼個風流倜儻魅力四射的青年才俊。」

喬樂曦看他一臉自戀的模樣，邊嘆氣邊搖頭晃腦：「是是是，魅力四射，您老少射點，小心精盡人亡。」

「妳說什麼！」

「雖然你又無恥又風流還自戀兼不要臉，但是我還想和你多玩幾年呢，你可千萬別死在我前頭。」

江聖卓深吸一口氣：「算了，我不生氣，不生氣，殺人犯法，誰讓我有求於妳呢。我就看妳這輩子有沒有用得著我的地方，到時候可千萬別怪我。」

當天晚上他們沒去最貴的餐廳，沒點最貴的菜，只是去了以前高中學校後門的一家川菜館。兩個人都是無辣不歡的性子，吃得不亦樂乎。

吃飽了的喬樂曦邊吸著果汁邊明知故問地奚落江聖卓：「說吧，江總，請我吃飯為了什麼事啊？趁我心情好趕快提，過了這村就沒這店了啊。」

江聖卓扔了筷子看她一眼：「什麼事妳心裡不是清楚著嗎，還問？」說完一臉興奮地開口，「快開價吧，我來殺。」

兩個人隔桌而坐，相顧無言，一室靜謐。

喬樂曦抿唇一笑，含蓄地開價：「上次買的那幅字畫送我。」

江聖卓斜眼看她：「妳可真是識貨啊，妳要那玩意幹嘛？」

喬樂曦白了他一眼：「你管我幹嘛呢？你就是一個銅臭奸商，要那玩意更沒用！附庸風雅，不如送我！」

江聖卓大手一揮：「妳還真敢說啊，不給！」

喬樂曦把杯子重重地放到桌子上，不懷好意地看著他，輕描淡寫地回答：「那就免談！」

江聖卓瞇著眼睛看她幾秒鐘，一咬牙：「賣給妳！」

喬樂曦對他笑了一下，脆生生地拒絕：「不買！」

江聖卓皺著眉，一副忍痛割愛的模樣：「好！送給妳！」

喬樂曦立刻轉為笑臉：「那真是謝謝卓少了。」

江聖卓咬牙切齒：「妳不去做生意真是浪費了！」

喬樂曦喜滋滋的，一臉幸災樂禍地湊過去：「承讓承讓，誰讓我那麼乖沒被家裡逼婚呢，不像某些聲名狼藉的人……嘖嘖，真是可憐啊！」

江聖卓氣得一杯接一杯地灌水，嘴裡還不停地念著不生氣殺人犯法。

週末下午，喬樂曦去組長辦公室討論基地調整專案，剛回到辦公室灌了滿滿一杯咖啡，手機便震動起來，有訊息進來。

『樂公主，時間差不多了，該起駕了，再不回宮就趕不上御膳了。』

她「噗哧」一聲笑出來，從窗戶看出去，江聖卓那輛回家專用車果然停在了樓下。

所謂回家專用車，就是顏色樣式皆是中規中矩的車。

她在辦公室的休息室裡換了衣服，洗了臉開始對著鏡子化妝，剛好關悅進來送資料，看到她這樣子嚇了一跳：「妳這是幹什麼？」

喬樂曦手上動作沒停，一臉的無奈：「沒有辦法啊，奉旨覲見，妝容不整是要被拉出午門喀嚓的。」

她繪聲繪色的表演逗得關悅「噗哧」一聲笑出來，笑完之後倒是認真地打量起她來。

因為工作需要，喬樂曦平時總是穿工作裝，此時，她換了條嫩黃色的束腰連衣裙，白淨的小臉上化著淡淡的彩妝，看上去光彩照人，竟然有一種讓人不能直視的驚豔。

她畫好最後一筆，收拾好桌子，又和關悅閒聊了幾句，抬眼看時間差不多了才拿起包：「好了，我先走了，拜拜。」

關悅揮手和她告別：「拜拜。」

樓下，江聖卓正靠在車門旁有一口沒一口地抽著菸。

看到喬樂曦慢悠悠地走過來，他掐滅菸抬起手腕看了一眼時間，抬起頭對喬樂曦笑得咬牙切齒：「又比上次慢了十五分鐘，巧樂茲，妳是故意的吧？」

樂曦一副驚恐的樣子：「怎麼會呢，卓少，我絕對是為了你考慮，如果我不好好打扮打扮，一副無精打采的樣子，江爸爸、江媽媽會不會以為你欺負我了呢？更何況前幾天，你剛上了娛樂版的頭條，你說他們會不會多想呢？到時候，嘖嘖，請給我幾分鐘容我聯想一下你的下場。」

江聖卓氣得吐血，卻還是笑著的模樣：「妳好樣的，巧樂茲，妳給我等著。」

喬樂曦一向崇尚今朝有酒今朝醉，明朝沒酒喝涼水，以後的事情以後再說，只要她現在神清氣爽就行了。

兩人很快上車，這個時間路上有些塞，走了快一個小時車子才停在一棟別墅前。

從兩人下了車，喬樂曦開始搖頭晃腦：「唉，又要和老一輩的革命家做殊死搏鬥了，江戰友，辛苦了。」

江聖卓瞟了她一眼，淡淡地吐出一句：「同苦同苦。」

喬樂曦從小在江家人的眼皮子底下長大，江家江聖卓這一輩又沒有女孩，於是一家人對喬樂曦喜歡得不得了，有她保駕護航，江聖卓多少還是有些底氣的。

可沒想到一進門就看到江父竟然也在，喬樂曦明顯感覺到旁邊的人身體一抖。

江爺爺雖然對江聖卓很嚴厲，但那都是嘴上的功夫，其實是捨不得動他一下的，可是江父江容修卻是真的會動手，或許是因為在部隊裡待了大半輩子的緣故，江容修性情耿直，眼睛裡容不得半點沙子，火一上來逮到什麼都往江聖卓身上招呼。

她立刻明白了，怪不得江聖卓下血本一定要拉她來呢。

喬樂曦規規矩矩地問好，江容修笑著點頭，雖然沒說什麼，但已經證明了他今天心情不錯。老爺子招呼喬樂曦過去坐。

喬樂曦坐下後，對江老爺子說：「爺爺，最近天氣不太好，您的腿又疼了吧，等一下吃完飯我幫您按摩一下吧！」

老爺子立刻眉開眼笑，一臉慈祥：「還是丫頭貼心啊，比臭小子強多了！」

看到江容修那殺傷力無敵的眼神若有似無地飄過來，江聖卓馬上站起來：「爺爺、爸，我去廚房看看奶奶和媽忙得怎麼樣了。」

說完躲了出去。

一頓飯吃得熱熱鬧鬧，快吃完的時候坐在首座上的老爺子開始發難。

「程伯伯的女兒還記得嗎？」

江聖卓一臉不耐煩：「不記得了。」

喬樂曦覺得每次一談到這個話題，江聖卓就特別暴躁。

她隱隱約約感覺到，他是在等一個人。

而那個人應該就是孟萊。

江父一拍筷子，瞪他一眼：「怎麼跟你爺爺這樣說話呢？」

江聖卓立刻變臉，笑容滿面特別認真地回想：「我是真的不記得了。程伯伯有女兒嗎？哪一個老婆生的？」

喬樂曦真的很想笑，死死咬緊牙關才忍住。程家的那點破事大院裡沒幾個人不知道的，但也只有江聖卓這個「逆子」敢這麼肆無忌憚地說出來。

他說完這句話，就把江父點燃了，江母抓緊時機輕咳了一聲：「聖卓，好好說話，你爸最近身體不太好，別惹他生氣。」

江母年輕的時候是個傾城美人，即便是現在也依然能看出當年的驚豔容顏。江聖卓的精緻容貌多半來源於江母。

喬樂曦很佩服江母，溫溫婉婉的樣子，卻能把脾氣火暴的江父收拾得服服貼貼。雖然江聖卓糾正過無數次，那叫舉案齊眉、相敬如賓，但她還是覺得用「收拾」這個詞更貼近事實。

江父看了妻子一眼，果然沒跳起來。江奶奶夾了塊魚放到江聖卓面前，語重心長：「小卓啊，你年紀也不小了，程家的那個孩子，聽說容貌才情都不差。」

江聖卓沒說話，餘光看了看對面的人，那人正興致勃勃地看熱鬧，一點自覺都沒有。他在桌子底下踢了喬樂曦一下，喬樂曦一震，轉過頭看到江聖卓那張黑了一半的臉，才想起來自己是收了好處的，正所謂拿人錢財替人消災，於是她趁著空檔緩緩開口：「爺爺、奶奶、江伯伯、江伯母，程雨薇我也接觸過，留學的時候我們恰好同校，她的容貌才情確實不錯。不過，名聲似乎不太好，你們也可以打聽一下，這些年，程家為了幫她抹污點可是花了不少錢、費了不少力。爺爺，雖然江家和程家是世交，但他們家現在這麼做可不厚道。我個人認為，她和江聖卓是真的不太合適。還有，感情這事是勉強不得的。江伯伯，您和江伯母攜手半生，對兩情相悅的婚姻是最深有體會的，強扭的瓜不甜，我父母不就是最好的例子嗎？」

喬樂曦最後一句話說得輕柔緩慢，點到即止，卻有幾分震懾力。說完之後餐桌上又陷於沉寂，連一向聒噪的江聖卓都沉默了，他皺著眉頭，嘴唇緊抿，連帶著下巴的線條也緊繃淩厲。

許久，江母笑著打破沉靜：「快吃飯吧，菜都涼了。」

雖沒說別的，但江聖卓和程雨薇的事情至此翻頁，這個話題應該再也不會被提起了。

飯後一家人坐在客廳吃水果，喬樂曦幫江爺爺按摩腿，她和江聖卓兩個人一唱一和地把一家人哄得樂呵呵的。

最後離開的時候，一家人看著一前一後出去的兩個人，不知道是誰嘆了口氣：「這相貌、這氣場、這氣勢，絕對有當家主母的潛質，不知道哪家小子有這個好福氣……」

一出門，江聖卓又開始得意，大喇喇地攬著喬樂曦：「樂公主啊，妳功課做得真足啊，連程雨薇的底細都扒出來了。」

喬樂曦停住腳步，思索了一下子，決定坦白從寬：「本來和你們家門當戶對、年齡相仿的就那麼幾個人，我自然知道。程雨薇留學的時候確實和我同校，但我也是昨天才知道的，其他的我一概不知，剛才我是信口胡說的。」

江聖卓頓住，一副想吃了她的模樣：「那妳也敢胡說！老爺子如果真去查怎麼辦？」

喬樂曦退後一步，討好地笑著：「你聽我解釋啊：一，我剛才說了，程家幫程雨薇抹掉了很多污點，即使他們查不出什麼也會覺得正常，畢竟程家有了動作嘛。二，你們家多要面子啊，肯定不會撕破臉去質問程家。三，根據多年的作戰經驗，我說的話他們一向都會以為是事實。請問，江公子，這個解釋您還滿意嗎？」

江聖卓繼續往前走，懶懶地回答：「勉強過關吧。」

道路兩旁的樹木枝繁葉茂，在地上投下層層陰影，江聖卓的臉隱在黑暗裡，聲音和剛才截然不同，有些沉悶：「其實，妳不必、不必……」

妳不必下那麼猛的藥，不用自揭傷口，重提妳父母的事情。

江聖卓卻說不出口。

沒頭沒腦的一句話，喬樂曦卻聽明白了，微微一笑，很淡然地開口：「我不在乎的，真的不在乎。她都死了那麼多年，我早就不記得她長什麼樣了。」

然後她笑了一聲，很輕快地說：「這樣，他們以後就再也不會逼你了！你的那幅字畫也算死得其所了！」

江聖卓忽然停住，看著右前方：「欸，前面就到妳家了，要不要進去看看？」

喬樂曦一臉不在乎：「行啊，走吧！」

到了門前，喬樂曦問警衛：「我爸在嗎？」

「喬先生晚上出去開會，還沒回來。」

喬樂曦對江聖卓一攤手，帶著些許無奈：「你看，不是我不見他，我們真的沒緣分啊！」

雖然她一整個晚上都是笑嘻嘻的樣子，但江聖卓的心卻忽然疼了一下。他側身很輕地抱了她一下，在她還沒反應過來的時候鬆開手臂大步往前走，邊走邊叫喚：「巧樂茲！我恨死妳了！那可是真跡啊！就這麼被妳打劫了！我的心好痛啊！」

喬樂曦嘿嘿樂了兩聲，小跑著跟上去：「江傻！等等我！」

才走了幾步，江聖卓安靜了一晚上的手機就響了起來，一接通，一道甜美發嗲的女聲傳了出來，喬樂曦很不給面子地打了個冷顫。

不用問，肯定又是某個鶯鶯燕燕，她也不著急，悠閒地走在前面，等江聖卓掛了電話追上來，她率先開口：「如果你現在告訴我，有個美女洗白了脫光了在床上張開腿等著你，而你也迫不及待地要去共度春宵所以要拋棄我這個戰友，我可以放你的行，但你至少要把我先送到可以招到車的地方。」

江聖卓一副不正經的模樣，上躥下跳：「我是那麼沒風度的男人嗎？就算是真的佳人有約也要先把妳送到家啊。」

喬樂曦冷哼一聲：「那可真是謝謝你了。」

江聖卓送喬樂曦回家後，打了幾個電話，繞了段路回家換車，看時間差不多了才往高架橋的方向開。

車外忽明忽暗的霓虹燈光打在車內人的臉上，江聖卓緊抿著嘴唇，側臉的線條清晰剛毅，眼底晦暗不明，不知道在想什麼。

到了地方，遠遠地就看到十幾輛跑車在入口處一字排開，像是隱在黑夜中的野獸，一觸即發。

江聖卓突然加速，一個漂亮的甩尾，車子滑進兩輛車間的空位，葉梓楠、蕭子淵、施宸一點都不驚慌，不慌不忙地坐在車子前蓋上抽菸聊天。

江聖卓從車上下來，懶懶散散地往車上一靠，一手捏著菸，另一隻手插入褲子口袋，心不在焉地聽著他們說話，也不接話。

葉梓楠透過層層煙霧看他：「這是怎麼了？大晚上的這麼好的興致，讓人封了高架橋飆車，又叫了我們出來，怎麼一點動靜都沒有？」

江聖卓把手裡的菸扔在地上，重重地碾了幾下才惡狠狠地開口：「煩！」

施宸咦了一聲，很奇怪：「你不是說，能讓男人煩惱的除了女人就剩下錢嗎？女人對你來說肯定是不可能的了，她們為你煩惱倒是真的，錢就更不可能了。你這完全是把自己排除在男人的範圍外了啊。」

其他兩個人「噗哧」一聲笑出來，蕭子淵難得使壞，壞笑地開口：「難道是……男人？」

面對三個人的調侃，江聖卓暴躁得跳起來，一腳踢在輪胎上：「滾！」

施宸問其他兩個人：「他這是欲求不滿還是吃撐了？」

葉梓楠邊打量邊分析：「很顯然嘛，能制得住他的就剩他老爹了，怕是剛從家裡出來，說不定身上還帶著傷呢。」

江容修的暴力他們都是見識過的，紛紛擺上同情的表情。

江聖卓立刻一臉揚揚得意：「我帶擋箭牌去的，無驚無險，全身而退，毫髮無傷。」

三個人異口同聲地「哦」了一聲：「那就是和擋箭牌有關了。」

江聖卓抿著唇不耐煩：「還走不走了？再不開始天都亮了！」

說著，天上竟然淅淅瀝瀝地下起小雨來。很快，高架上十幾輛跑車禦風而行，互相追逐起來。

# 第二章　相愛相殺

第二天一早，喬樂曦盯著報紙頭版頭條上那篇關於交通事故的報導，照片上的那輛車怎麼看都覺得熟悉。

這麼想著，她拿出手機翻到那個號碼撥了出去，果不其然，沒人接。

半小時後，喬樂曦悠悠閒閒地站在病房門口，也不進去，就這樣看著床上的江聖卓，咬著唇看了半天才開口：「我說，卓少，您今天這又是走什麼路線？可真是夠前衛的。」

病床上的江聖卓，右腿打了石膏高高地吊著，手臂上纏著繃帶，俊秀的臉上也有擦傷，怎一個慘字了得。

江聖卓閉著眼睛哼哼：「我都成傷殘人士了，妳就別再說風涼話了。」

喬樂曦毫不留情地回了句：「活該！」

真的是活該，天氣不好還飆車！

她還想說什麼，就看到葉梓楠拎著水果從電梯裡走出來。

喬樂曦看著他走近，揚揚下巴指指病床上的人：「你不是吹噓過他的車技有多出神入化嗎？」

葉梓楠看了一眼病房裡的人，淡淡地開口：「不是吹噓，他的車技絕對是我認識的人裡最好的。」

喬樂曦一哂：「那現在這是怎麼回事？你站在這裡，他卻躺在那裡？」

說起這個葉梓楠頗有些為難：「這個嘛，蕭子淵向來穩重有度，只有心裡煩得厲害了才會下場跑兩圈，所以昨天他一直遵守交通規則以低於一百二的速度在跑。」

「那你呢？」

「我……我昨天要接我女朋友的電話，就沒下場。」

「施宸呢？」

「施宸和其他幾個都正常發揮啊，一直跟在江聖卓後面，所以才能在第一時間送他來醫院。」

喬樂曦皺眉：「那他昨天到底是怎麼出的車禍啊？」

葉梓楠的神色略微複雜：「他說，他昨天心情不好。」

喬樂曦呵呵笑了兩聲：「你怎麼不說他昨天大姨夫來了呢。」

葉梓楠想了一下：「也說不定。」

兩人正說著，躺在病床上的人不樂意了，揚著聲音喊：「你們到底是來探病還是來聊天的？能不能關心一下我這個病人？」

喬樂曦和葉梓楠還沒什麼反應，就看到兩個年輕的小護士爭先恐後地衝到了病床前，和風細雨地問道：「請問江先生需要什麼幫忙嗎？」

喬樂曦嘖嘖稱奇：「都這樣了還能招蜂引蝶，真有能耐。」

葉梓楠在旁邊拍掌捧場，然後兩人不顧江聖卓的抗議，一前一後地出了醫院。

喬樂曦離開醫院之後，每隔半小時就會接到江聖卓的騷擾電話，痛斥她無情無義、沒有同情心，不顧青梅竹馬二十幾年的情分把他一個人孤苦伶仃地丟在醫院不管。喬樂曦聽得頭都大了，正好上一個案子剛剛結束，索性請了幾天假，近距離地奚落江聖卓，這種機會可遇而不可求，是他主動撞上來的，就不要怪她欺負病人了。

喬樂曦打著來照顧病人的旗號，做著休閒度假的行為，每日裡坐在病床對面的沙發上邊看雜誌邊吃水果，悠然自得。

江聖卓的身體正慢慢恢復，傷口又疼又癢，不斷找碴。

「喂，巧樂茲，幫我倒杯水。」

喬樂曦看他一眼，慢悠悠地站起來，倒了杯滾燙的熱水送到他面前。

江聖卓就著她的手抿了一口就吐出來：「這麼燙是給人喝的嗎？」

喬樂曦嗆他：「不是給人喝的難道是用來潑你的嗎？如果你想試試，我很樂意效勞。」

「……」

過了一陣子他又叫喚：「巧樂茲，給我個橘子吃。」

下一秒一個橙色物體就朝著他的腦門飛了過來，他一把接住，怒吼：「妳就不會溫柔點嗎？不會剝開了送過來？妳沒看上午那幾個小護士多溫柔啊，幫我打針的那個那雙手多白、多柔啊……」

喬樂曦很不屑地白了他一眼：「你敢不敢正經一下子？都半身不遂了還這麼色！」

「小護士啊！制服誘惑啊，妳懂什麼啊？」江聖卓嘮叨了兩句忽然反應過來，「慢著，什麼叫半身不遂？半身不遂是我這樣的嗎？不對，我這樣的是半身不遂嗎？也不對……」

喬樂曦睨他：「你恐怕是傷到腦子了……」

江聖卓氣得吐血。

下午院長帶著一組專家浩浩蕩蕩地特地來看他，江聖卓靠在床上指著旁邊桌上的飯盒，黑著臉裝大爺。

「這是什麼啊，你們醫院的伙食也太差了吧？這是給人吃的東西嗎？你們這是虐待病人！」

幾個專家紛紛看向院長，院長擦擦頭上的汗：「這……這……」

江家的這個么孫可真是……

喬樂曦走上前對院長笑了一下：「您別理他，他的身體沒什麼問題吧？」

院長立刻回答：「沒有，恢復得很好。」

喬樂曦笑了笑，看了一眼門口：「麻煩你們了。」

她的潛臺詞就是沒別的事你們就快走吧，我好放開了膀子收拾這個渾蛋，免得噴你們一臉血。

一群專家趕緊走了出去。

人都走光了，江聖卓還在憤憤不平：「妳說我說得對不對？是不是很難吃！」

喬樂曦忽然對他溫柔一笑：「讓我想想啊，你剛才說什麼？不是給人吃的東西？這話我倒是挺贊同的，你本來就不是人啊，你是禽獸！」

江聖卓不滿地反抗：「我就不吃！」

「不吃是吧？」喬樂曦邊笑瞇瞇地回答，邊伸出食指狠狠地按在打了石膏的那條腿上，並且不斷用力。

江聖卓馬上哇哇大叫：「喬樂曦！妳快鬆手！我吃！我吃！」

江聖卓鬧了這麼久，終於老實下來，端著碗大口大口地喝著湯，一副苦大仇深的樣子。

喬樂曦看著他蒼白的臉，才幾天就瘦了下來，口氣軟了下來：「這是醫院特地幫你燉的藥湯，都是上好的藥材，對你的恢復有好處，你就不能多喝點？」

江聖卓抬起頭狠狠地瞪她一眼：「站著說話不腰疼，妳自己聞聞這股中藥味，我沒吐就不錯了！」

喬樂曦看著那一碗實在形容不出來是什麼顏色的液體，還有空氣中飄散著的濃濃的中藥味，很是同情了他一番，想了想，還是說出來：「你就不能別張狂了啊？你出了車禍如果不是你哥幫你扛著，你家裡肯定早就知道了！你爸早就過來抽你了，你不老老實實地躲著，還沒事找事，想死得快一點是不是？」

江聖卓聽到這裡眼睛一亮：「啊，我就說嘛，怎麼沒人來看我？原來是封鎖了消息！」

喬樂曦就知道和他好好說話從來都沒用，乾脆不理他。

江聖卓在病床上胡鬧了一下子：「喂，妳怎麼不理我啊？巧樂茲？喬工？喬妹兒？樂曦？樂公主？樂太后？」

喬樂曦被他叫得雞皮疙瘩都起來了，一個抱枕直接飛向了江聖卓。

幾天下來，喬樂曦極盡惡毒之能事，挖苦諷刺調侃刻薄，明裡暗裡，絕不放過任何一個機會。江聖卓的身體尚未恢復，精力本就有限，往日裡伶牙俐齒、舌燦蓮花的功力差了一大截，再加上喬樂曦不惜用武力對付他，幾次針鋒相對，江聖卓通通敗下陣來，只能任她宰割。

江某人被喬美人氣得吐血，喬美人依舊一臉淡漠的樣子，一張嘴就能讓江某人七竅生煙。

喬樂曦看他好得差不多了，就打算回去上班，那天晚上臨走前跟他說了一聲。

江聖卓立刻眉開眼笑，大聲歡呼，就差沒放鞭炮慶祝了，如果不是腿骨折了，喬樂曦覺得他肯定會下來跑幾圈。

——※——

第二天，喬樂曦剛踏進辦公室，關悅就在後面叫她：「劉組長找你！」

喬樂曦往那個方向看了一眼，壓低聲音問：「這幾天我不在，沒出什麼事吧？」

「沒。」關悅不知道在看什麼，揮揮手就打發了她。

喬樂曦敲門進去，劉磊正和一個女孩子說話。

看到喬樂曦，劉磊介紹：「這是喬工，這位是白津津，新來的實習生，以後就在我們組了。」

喬樂曦極快地掃了白津津一眼，心裡有了底。

江聖卓曾經評價過喬樂曦，不只嘴毒，眼也毒，看人很準。

她第一眼就看出來這姑娘不是個好相處的人，皮笑肉不笑地和她握了下手，低眉順眼地站在一旁沒發表任何意見。組長看出她的意思，便打發白津津出去。

門剛關上，喬樂曦就問：「我記得這批實習生早就確定了，而且培訓也已經接近尾聲了，馬上就要實地實習了，現在突然插了個新人進來，是什麼意思？」

組長也很苦惱：「我也沒辦法啊，她是白總的姪女。」

喬樂曦挑眉：「白總的姪女？那隨便去什麼行政部、後勤部，上網、看報紙、喝茶、玩遊戲就好了，來工程部這邊幹嘛？」

「小姑娘也是學通訊工程的，去那些部門不是浪費人才嗎？」

「那為什麼放到我們組？」

「還不是妳！」組長咬牙切齒，「小姑娘就是沖著妳來的！人家聽說業內有個又漂亮又能幹的喬工程師，慕名而來呀！」

喬樂曦「切」了一聲：「您就別給我扣高帽了，有話直說吧。」

「白總的意思是，讓妳多教教她，小姑娘也是從海外留學回來的，不會給妳惹麻煩的。」

喬樂曦知道到了這個地步她再反對也不起作用了，只能妥協：「希望如此吧。」

喬樂曦無精打采地走出來，關悅迎上去，兩個人站在轉角處聊天。

「欸，怎麼回事？」關悅邊問邊揚著下巴指著一個方向。

幾個男同事正圍著白津津獻殷勤，小姑娘年輕的臉龐上一片緋紅。除去其他，喬樂曦還是挺喜歡這個小姑娘的，畢竟看上去清甜可愛。

可惜啊……

她嘆口氣：「空降兵。」

關悅「哦」了一聲：「真沒意思。」

喬樂曦撫額：「是挺沒意思的。」

白津津看到她，歡喜地跑過來靦腆地笑了一下：「喬姐姐，我很早之前就聽說過妳的名字了，希望以後能多向妳學習。」

喬樂曦笑了一下，拿官方回答糊弄她：「不用客氣，叫我喬工就好，大家一起學習，共同進步。跟我來辦公室一下吧。」

進了辦公室，喬樂曦靠在辦公桌前，收起笑容：「以後大家就要共事了，在此之前，我有幾句話想對妳說。工程這個東西出不得一點錯漏，在妳這裡可能是個小數點的問題，到了基地站可能就是幾個億的漏洞，嚴重的話還會危及人命。白總對下面的人要求一向很高，我想妳也知道。歡迎妳加入我們組，希望以後合作愉快！」

白津津也是個聰明人，聽了這番恩威並濟的話，盯著喬樂曦看了幾秒，什麼也沒說，點頭出去了。

下午，喬樂曦在會議室和組裡的幾個骨幹一起修改設計圖，專心致志，心無旁騖，可惜總有些人不願意讓她安生。

當嗡嗡的震動聲第三次響起的時候，喬樂曦忽然從設計圖中抬起頭來，盯著手機發呆。

一屋的人心有戚戚焉，公司裡人盡皆知，喬工改圖的時候是不能被打擾的，否則後果是很嚴重的。

喬樂曦一向認為事不過三，所以當手機第三次響起的時候，她覺得應該接，於是伸手拿起手機，溫溫柔柔地問：「你好，哪位？」

一屋的人看著貌似很溫順的喬樂曦，狠狠地開始同情電話那頭的人。喬工的軟暴力比吼你一頓的殺傷力還大，眾人均進入一級警戒狀態，唯恐噴得自己滿身血。

那邊頓了一下，才回答：『樂曦，我是萊萊，我要回來了。』

——※——

喬樂曦走出電梯，高跟鞋踩在厚厚的地毯上，沒有一絲聲音。沒走幾步就聽到病房裡江聖卓調戲護士的聲音。

她敲門進去的時候，江聖卓還握著小護士的手，笑得那叫一個放蕩不羈。他住的是個套房，床邊的窗戶又大又亮，夕陽血色的餘光照進來灑在他身上，右邊的側臉線條格外柔和，可以清楚地看到那對深深的酒窩，真是不知道一個大男人怎麼會有酒窩這種東西。

她一直都知道江聖卓的長相好，讓她一個女人都自慚形穢。小時候的他皮膚白白嫩嫩的，五官又極精緻好看，特別招人喜歡，後來長大了，五官也長開了，更是不得了，那張臉的線條清晰漂亮，五官深邃俊逸，眼睛漆黑狹長，笑起來的時候眼神朦朧迷離，細細碎碎的光幾乎能將人溺死在裡面。他的眉骨長得尤其好，可謂是三百六十度無死角，長身玉立地站在那裡就招人得不行，當真是滿目春色桃花面，未語自帶三分笑。

只是她現在沒心思欣賞他的美顏。

小護士滿臉通紅，看到喬樂曦黑著一張臉進來，再加上最近只有她來看江聖卓，以為她是正牌女友，眼下男友偷腥被抓了個正著，這還了得，她使勁掙扎。

江聖卓看到喬樂曦進來後就放了手，小護士一溜煙地跑了出去，經過喬樂曦的時候，喬樂曦若有似無地瞟了她一眼，她跑得更快了。

江聖卓雙手枕在腦後，哈哈大笑，似乎他只是個旁觀者，散漫隨意地靠在床上。

喬樂曦把包包隨意往旁邊一扔，整個身體摔到床上，沒說一句話。

江聖卓挑眉，戲謔著問：「妳不知道男人的床是不能隨便上的嗎？」

喬樂曦閉著眼睛沒理他。

江聖卓再接再厲：「喂，我禁欲很久了，妳這是引誘我犯罪嗎？」

喬樂曦還是沒動靜。

江聖卓察覺出不太對勁，收起笑臉，扯扯她的頭髮：「怎麼了？無精打采的。」

喬樂曦把手搭在眼睛上，過了許久才輕聲開口，一開口聲音無比疲憊：「江聖卓。」

江聖卓聽得心頭一跳，下意識地回答：「嗯？」

這次喬樂曦很快給出了答案：「孟萊要回來了。」

喬樂曦不知道自己在說出這幾個字的時候，到底是怎樣的心情。

孟萊，這個占據了江聖卓和喬樂曦大半個青蔥歲月的女人，終於，要回來了。

她還記得幾年前的那個耶誕節。當天下午她接到江聖卓的電話後，掛了電話匆匆忙忙地趕了幾小時的車程，到了他學校的所在地。

那個時候她和江聖卓已經許久沒聯繫了，不知道為什麼他的一通電話就能讓她這麼不管不顧地去找他。

聖誕夜，她和江聖卓走在異國街頭，到處都很熱鬧，而他卻和周圍的喜氣洋洋格格不入，蕭索落寞，整個人懨懨的，沒有一絲平日裡的意氣風發春風得意。

當時飄著小雪，街上張燈結綵，到處都是狂歡的人群。他們倆坐在公寓門前，她把自己全副武裝到牙齒仍覺得冷，可江聖卓只穿了件灰色的薄毛衣，外面套了件黑色的短風衣，連圍巾都沒圍，任由漫天的雪花落在他裸露在外的肌膚上，好像根本不知道冷。

他沉默得可怕，她也不敢出聲，只能陪他坐著。

江聖卓忽然轉頭看著她，眼睛清亮，似乎鼓起了巨大的勇氣才開口：「我和孟萊分手了。」

喬樂曦記得當時她的心狠狠地疼了一下，那種感覺她到今天都還記得。

她忽然不知道該做出什麼樣的反應，雖說認識多年，但畢竟他們那麼久沒聯繫了，生疏和尷尬是自然的。

她勉強扯了一下嘴角，大氣地拍著他的肩膀，整張臉都縮在圍巾裡：「分了？分了好啊！那麼長時間了，以你對美女的保鮮期早厭煩了！」

江聖卓皺著眉很奇怪地看著她，喬樂曦乾笑了兩聲，自知說錯了話，一時無言，補了句最沒新意的話：「沒關係，你以後會遇到更好的。你看這麼多異國美女，你隨便勾勾手指……」

剩下的半句，在江聖卓憤怒的眼神裡，她沒說下去。

那個時候喬樂曦的心裡早就恨死孟萊了。江聖卓多開朗多奔放的一個人啊，竟然被她折磨成這樣。

從此以後，孟萊這個名字只許他提起。

喬樂曦本以為他會消沉一陣子，誰知沒過幾天，他竟然跑到她的學校來，還擁著個華裔女孩。他指著那個女孩嘻嘻哈哈地問她，女孩的眼睛長得像不像孟萊。

喬樂曦不知道他這又是在演哪齣，只能呆呆地點頭。

再後來，每隔一段時間，他就傳張合照給她看，照片裡站在他旁邊的女孩不是眼睛長得像孟萊，就是鼻子長得像孟萊，不然就是頭髮像孟萊。

也是因為這件事，他們又重新頻繁地聯絡起來。

其實，喬樂曦到了後來並不喜歡孟萊。

其實，喬樂曦和孟萊一開始是最好的朋友。

那個時候，喬樂曦和江聖卓都還年少，她紮著馬尾，他穿著白T恤，都是一臉青澀，稚嫩的臉龐青春逼人。

喬樂曦看著老師在講臺上講得激情飛揚，反而昏昏欲睡，此刻她倒是羨慕江聖卓。她曾經在上課期間路過江聖卓的班級，每一次江聖卓都趴在後排的桌子上睡得昏天黑地。

喬樂曦用餘光看了一眼外面大好的春光，腦子裡總是想起大柳樹下的那張長椅，躺上去太陽照在身上暖暖的……

越想越神往，實在忍不住，她在桌子底下踢了一下鄰座的趙洋洋，趙洋洋立刻心領神會。她剛把頭埋下去，就聽到趙洋洋的尖叫聲：「樂曦！妳怎麼了？」

喬樂曦實在沒忍住，揉揉發疼的耳朵，心裡感嘆，趙洋洋真是有去瓊瑤劇裡扮演丫鬟的潛質。

老師果然走下來關切地問她。白白淨淨的女孩子，成績又好，自然是老師關心的對象。

喬樂曦抬起頭虛弱地回答：「老師，我頭暈。」

趙洋洋立刻接過話：「老師，我送她去保健室吧。」

老師點頭，一臉擔心：「樂曦啊，多注意休息，晚上別讀書讀到太晚了。」

樂曦半靠在趙洋洋身上，心裡覺得這話有道理，以後晚上不能再看小說了，太影響睡眠了。

兩個人慢悠悠地過了轉角，喬樂曦便站直，笑瞇瞇地對趙洋洋說：「洋洋，快回去上課吧。」說完活蹦亂跳欣喜若狂地奔赴目的地。

誰知那張長椅卻被人占領了。

喬樂曦老遠就看到躺著的那個身影，兩手枕在腦後，由於腿太長，兩條腿只能垂到地上。

喬樂曦心裡鬱悶，幾年前明明還沒她高呢，怎麼這幾年越長越高？

走近了就看到他正戴著耳機，悠閒自在地閉目養神。她盯著他的臉，這個人的膚色一直偏白，好像怎麼曬都不會黑。那年暑假他被他爸扔到部隊上曬了兩個月，依舊面如冠玉。薄薄的眼皮上那道摺痕清晰可見，鼻樑高挺，薄唇此時微微翹起，彰顯著他的好心情。

喬樂曦忽然有些氣惱，沒事長這麼好看幹嘛？連睫毛都比她的長比她的翹！

喬樂曦直接上腳狠狠地踹了他一下，江聖卓迷迷糊糊地睜開眼睛，眼底一片迷茫：「怎麼了？」

喬樂曦把幾個粉紅色、粉藍色的信封甩到他身上：「給你！讓一點位子給我！」

江聖卓坐起來老老實實地讓了一半讓她坐下，扯下耳機，手裡把玩著那些信封，也不打開看，歪著頭嘴角帶著淡淡的笑，揶揄喬樂曦：「喲，老師眼裡的好學生又蹺課了？這回您又是哪裡不舒服啊？」

喬樂曦的伎倆江聖卓一清二楚，她也沒反駁，靠在椅背上曬太陽，懶洋洋地回答：「頭暈。」

江聖卓把耳機的一端遞過去：「要不要聽？」

喬樂曦懶洋洋的，像隻曬太陽的貓：「嗯，幫我塞上。」

春暖花開的季節，微風拂過，兩個人肩並肩坐在柳樹下的長椅上，江聖卓突然開口：「欸，我有個哥們看上妳了，改天介紹妳們認識一下唄！」

喬樂曦睜開眼睛看他一眼，沒好氣：「又來！」

江聖卓側過身看著她：「妳還敢說啊！第一個妳嫌棄人家不夠溫柔，第二個妳嫌棄人家太靦腆……上一個竟然嫌棄人家數學成績不好！妳說說怎麼每個我身邊的哥們看上妳的就沒好下場呢？妳可真是『毀人不倦』啊！」

喬樂曦有點心虛，不接他的話。

江聖卓察言觀色：「欸，這次這個真的不錯，妳試試唄？」

喬樂曦一臉不耐煩：「好了，隨便吧！從現在開始你給我閉嘴，不許說話，別打擾我睡覺！」

沒過幾天，下課時喬樂曦正趴在桌子上寫習題，門口就有人叫喚：「喬樂曦，有人找！」說完還對她擠眉弄眼的。

一出去就看到一個不認識的男生對著她笑，她正感到莫名其妙，一抬眼就看到江聖卓站在不遠處，姿態閒適，身形慵懶，對她挑眉輕笑。

喬樂曦一下子就明白了，但江聖卓的樣子讓她怎麼看都覺得他像是個拉皮條的。

那段時間喬樂曦一直覺得，只要她每次回頭總能看到江聖卓斜斜地靠在某處，壞壞地對她笑。那個男生倒是不靦腆，對她嘰哩呱啦地說了一堆，她一句都沒聽進去，心裡煩得不行，臉上卻還掛著淺笑，看不出半分不耐煩。

她心裡想，乖巧懂事、溫和有禮的名聲也不是那麼好賺的，正想著怎麼阻止他說下去，班長走了過來。

「喬樂曦，老班叫妳去他辦公室一趟。」

她鬆了一口氣：「那個……任家明是吧？我還有事，先走了，改天再聯繫吧。」說完便跑了。

進了辦公室，老班指著一個文文靜靜的女孩對她說：「樂曦啊，這是新轉來的學生，孟萊，以後就坐妳旁邊了，妳們要互相幫助、共同進步啊。」

喬樂曦在師長面前向來乖巧懂事，脆生生地答應下來，出了辦公室才仔細地打量孟萊。

孟萊察覺到她的視線，對她微微一笑，溫婉可人。

那一瞬間喬樂曦覺得孟萊是她見過的最美麗的女孩，不是漂亮，而是美麗。

不同於喬樂曦的張牙舞爪，孟萊永遠安安靜靜的，對人一笑如沐春風，她的柔弱引起了喬樂曦的保護欲，從此兩個人形影不離。

高一很快就結束了，分班考試後，喬樂曦和孟萊站在紅色的榜單前看成績。

孟萊勾著她的手臂，一臉激動：「樂曦，妳又是第一名啊，真厲害！」

喬樂曦笑嘻嘻地捏著她的臉：「小意思！妳也不錯啊！」

孟萊似乎有些不高興：「可是我們不在同一個班了……」

喬樂曦捏捏她的臉：「沒關係啊，好在隔得不遠，只要能在同一個樓層又有什麼關係。」

孟萊想想也對，一抬頭，忽然指著一個名字：「文組班第一名的名字好熟悉啊，妳認識嗎？」

喬樂曦頭都沒抬，懶洋洋地「嗯」了一聲。

孟萊一說起這個話也多了起來：「我聽說，他很厲害的，上課睡覺、下課打球照樣能考第一名。」

喬樂曦鼓起臉頰吹了一下瀏海，懶懶地開口：「妳沒聽說過他換女朋友的速度更出名？」

恰好任家明來找她，身後還跟著江聖卓，於是喬樂曦其極不情願地指著那道修長挺拔的身影對孟萊說：「喏，他就是江聖卓。」

江聖卓看到美女自然是萬分殷勤，喬樂曦不停地在旁邊翻白眼。

誰知開學沒幾天，她就在自己班上看到了江聖卓，大喇喇地坐在自己的後面的座位上，她走過去：「大哥，你走錯班級了吧？這裡是理組班！」

江聖卓趴在桌上對她眨眼睛：「沒走錯啊，巧樂茲，我們又在同一個班了，緣分吶！」

喬樂曦詫異：「什麼沒走錯啊，大哥！我是理組班，你是文組班，我們怎麼會在同一班？」

「哦，」江聖卓摸了摸耳朵，「我想挑戰一下自己，改選理組了，所以就在同一個班了，有緣分吧？」

喬樂曦腹誹，孽緣還差不多！從幼稚園開始，她和江聖卓就是同班同學，好不容易到了高中終於分開，沒想到一次文理分班又被打回了原形。

看著她一副欲哭無淚的模樣，江聖卓還不忘氣她，起身坐在桌子上，懶懶地抬起手臂搭在她的肩上，半個身體的重量都壓在她身上：「欸，妳怎麼好像不是很高興啊？」

喬樂曦還是沒說話，手上卻一點也不客氣地掐在他的小臂上，直到耳邊響起殺豬般的哀號聲，她才解氣鬆手。

於是兩人便開始了漫漫朝夕相處的日子，年輕氣盛的年紀，誰也不服誰，每天忙著互嗆，鬧得雞飛狗跳的，倒也很有意思。

孟萊不時跑來找喬樂曦玩，兩人就站在教學大樓的走廊上聊天，有時候會看到江聖卓一夥人勾肩搭背地從大樓前走過，這個人到哪裡都是前呼後擁的，而他總是最醒目的那一個。

孟萊對他的好感愈加明顯，每次他一出現話題便會圍著他打轉：「江聖卓穿衣服挺有品位的。」

喬樂曦靠在柱子上瞇著眼睛看夕陽，淡淡地開口：「嗯，衣冠禽獸嘛！」

孟萊被噎了一下：「看上去挺斯文的。」

喬樂曦皺眉：「斯文？啊，對，斯文敗類嘛！」

孟萊覺得可能是自己表達得有些問題，換了個詞：「看上去挺不羈的。」

「放蕩不羈？」喬樂曦想了想，「其實我覺得前兩個字更適合他。」

孟萊說不下去了，試探著問：「樂曦，妳是不是對江聖卓有什麼意見啊？」

喬樂曦一臉天真無辜：「沒有啊。」

孟萊欲言又止：「樂曦啊，妳們是從小一起長大的，妳……不喜歡他？」

喬樂曦猛地睜大眼睛，眨了幾下：「哈，別開玩笑了，我怎麼會喜歡那個傢伙！」

孟萊疑惑：「為什麼不會啊？」

喬樂曦這次很認真地想了想才慎重地給出答案：「太熟了，下不了手。」

聽到這個答案孟萊的臉忽然紅了，但還是鼓起勇氣小心翼翼地問：「那……我可以喜歡他嗎？」

喬樂曦重新閉上眼睛，語氣平靜無波：「可以啊。」

這句話她從小到大聽了幾百遍，每一個她身邊的女孩都會問她這句話，她甚至懷疑她們當初會接近自己根本就是醉翁之意不在酒。

耳邊隨即響起孟萊透著驚喜的聲音，喬樂曦雖然沒睜眼但可以想像到她那雙閃著欣喜的眼睛。

「真的？樂曦妳太好了！」

這句話說得喬樂曦莫名其妙，為什麼每個看上江聖卓那個傻子的女孩都跑來問她的意見呢？

難道她是他媽嗎？

孟萊看著喬樂曦興致缺缺，也不好表現得太高興，收起笑容轉而關心起她來：「樂曦啊，怎麼看妳對任家明都不怎麼熱情啊，妳們不是在談戀愛嗎？」

喬樂曦老實地回答：「不知道。」

其實她最近正在找理由打算甩開他。

那個時候江聖卓每隔一段時間就會替她做媒，往她手裡塞情書禮物，嘴上還吊兒郎當地說：「巧樂茲，我有一個哥們喜歡妳，人特別好，妳就答應唄？」

每次都這樣，喬樂曦被煩得不行，索性答應，但對對方並沒有所謂的青春期的悸動，最後的結果總是以她的挑剔結束。

後來，江聖卓和孟萊似乎相處得不錯，沒有大張旗鼓地宣佈在一起，卻能讓人一眼看出那一絲小曖昧。

喬樂曦也沒去問他們是不是在一起了，她不好奇也不關心。

其實這並不是江聖卓第一次搶她身邊的女孩，從幼稚園開始，江聖卓除了自己挖掘美女資源，另一個管道就是挖掘她身邊玩得好的女孩，一個都沒放過。

再後來，喬樂曦便在他們的感情路中夾在中間扮演各種角色，丫鬟、馬夫、小丑、陪客、和事佬……

那個時候她又找了個理由踹了江聖卓的一個好哥們，實在不想再當電燈泡，便開始拒絕出席，但江聖卓每次都不放過她。

喬樂曦每次跟在他們身後都覺得自己是在浪費光陰、蹉跎歲月，每隔一段時間江聖卓轉過頭對她扮鬼臉的時候，她都恨不得上去踹他幾腳，但礙於孟萊在場，她也不好做得太明顯。

那段時間，喬樂曦總是頻繁地做著同一個夢，夢裡善意的起鬨聲不絕於耳。喬樂曦坐在教室的座位上，無意間從窗戶往外看，笑瞇瞇地看著那兩個身影。

孟萊紅著臉羞澀地看著江聖卓，江聖卓倒是對周圍的人和起鬨聲不在意，臉上帶著明朗的笑容，半垂著頭和孟萊說話。

在後來很長的一段時間裡，喬樂曦每次回憶起那段青蔥歲月，眼前總會閃過一個又一個和他們有關的場景。

幽靜的校園，飄雨落葉中的乾淨少年和少女，被微風吹起的白襯衫和裙角，騎著腳踏車在樹蔭下穿行的身影，青春飛揚的面孔，眼裡濃得化不開的寵溺，青澀而朦朧的感情……

這兩個傢伙，就這樣沒心沒肺地霸占了喬樂曦最單純、最美好的那段時光。

也就是從那個時候，她開始討厭孟萊，年少的她曾經在日記本裡寫下這樣一段話——我的朋友透過我認識另一個朋友，然後，他們情深似海，我卻被排擠在外，那種感覺很難受。

但是她清楚地知道，她的難受不只是因為這個。

再後來江聖卓和孟萊手牽手奔赴大洋彼岸，沒過多久喬樂曦也去了，儘管孟萊再三邀請，但她還是沒和他們申請同一所學校。

到了美國，喬樂曦從沒主動和他們聯繫過，那幾年也是她和江聖卓的空白期。

江聖卓聽了她的話，愣了一下，表情語氣都沒有半分波瀾：「回來就回來了唄。」

喬樂曦猛地翻身起來，仔仔細細地盯著他，想從中發現一絲情緒波動：「你在我面前不用裝。」

喬樂曦很肯定，江聖卓對孟萊是不一樣的，江聖卓的風流成性也是在和孟萊分手後才愈演愈烈的。

江聖卓莫名其妙：「我裝什麼了？欸，為什麼我覺得她回來了，妳怎麼這麼不歡迎呢？當年妳們不是要好得跟一個人似的？妳還特地跑來警告我，讓我好好對她，怎麼才幾年的時間，妳就變了？」

喬樂曦把頭埋進被子裡，被子上沾著他身上清冽的氣息，她緩緩吐出一口氣才悶悶地回答：「沒，我只是悼念我那被狗吃了的青春，都被你們糟蹋了。」

那些邀上三五好友，說些不三不四、不著邊際的話，看些沒心沒肺、不痛不癢的電影，然後再胡吃海喝、舉杯把盞，不管不顧、不可收拾的瘋狂日子，再也一去不復返了。

江聖卓白她一眼：「嘿，這話說的，妳自己數數，妳踹了我多少哥們！」

喬樂曦立刻反擊：「你還敢說，你怎麼不數數你糟蹋了我多少姐妹們！」

「……」

兩個人鬥了幾句嘴，之前沉悶的氣氛一掃而光。

他們正鬧著，江聖卓的手機響了，他看了一眼號碼，對喬樂曦擺了個哭臉。喬樂曦湊過去一看，立刻就高興了，滿臉幸災樂禍。

江聖卓嘆了口氣接起來。

「媽，這麼晚您還沒睡呢？」

「闖禍？哪能啊，我最近乖著呢，您就放心吧，不信您問我哥。」

「哪有的事啊，您聽哪個兔崽子胡說八道的，他沒事咒您兒子，您沒上去給他兩巴掌啊？」

「什麼？這週回家吃飯？不行啊，我最近挺忙的。」

「您怎麼這麼說您兒子啊，您是不是我親媽啊，我沒亂搞男女關係……誰？誰家的女兒？您可算了吧，她長得比我都壯，兩個我都打不過她……還有誰？不記得了，真的不記得了……欸，別，您可千萬別讓她來……哎喲，媽，您兒子要學歷有學歷，要模樣有模樣，要身材有身材，要事業有事業，您還怕找不著兒媳婦啊……那等過段時間再說吧，我聽是不是我爸回來了，您快去伺候他吧，我先掛了啊，拜拜。」

江聖卓掛了電話終於鬆了口氣，轉頭一看就笑了，一轉眼的工夫喬樂曦就趴在病床上睡著了。

他輕拍了她兩下：「要睡回家睡去！在這裡窩一晚，妳明天會跟我一樣殘廢的。」

喬樂曦彎起嘴角，笑瞇瞇的，口齒不清地回答：「那正好啊，我們倆湊一對。」

江聖卓忽然愣住了，之前臉上不正經的笑容全部斂起，好半天才用力晃了她幾下：「妳剛才說什麼？」

喬樂曦迷迷糊糊地拍開他的手：「走開！江聖卓你再吵我，我就告訴你爺爺你又蹺課和葉梓楠他們去打球了。」

江聖卓「噗哧」一聲笑出來，捏著她的鼻子小聲地教訓：「小東西，就知道告狀！」

喬樂曦揮開他的手，翻了個身再次睡了過去。

——※——

大半個月後，終於獲准出院的江聖卓把自己打扮得風流倜儻，哼著小曲出現在辦公室。祕書處新來的一個小姑娘還在江氏綜合症的早期，一臉迷戀兼兩眼粉紅泡泡，興奮地對旁邊的杜喬叫喚：「江總回來了！」

杜喬扶額，這個上司可是個麻煩角色。別看這個男人平日裡總是笑容滿面，玩世不恭，看上去不是一般的不正經，除了獵豔就是約會，其實就是隻披著羊皮的狼，談判桌前這樣子的他卻能殺人於無形，思緒清晰、言辭犀利、勢如破竹，令對手措手不及，偶爾有不明真相的人冒犯他，他也會順勢上前鞭屍，絕不手軟，還有就是，他的手段很特別。

恍了一下神，杜喬很快收起思緒，拿起桌上的文件進去找江聖卓簽名。

同樣剛上班的喬樂曦剛踏出電梯就被關悅拉進她的辦公室，辦公室的內部結構都是相同的，不同的是關悅的老公謝恒在裡面擺滿了綠色植物，美其名曰防輻射。

喬樂曦第一次踏進來的時候愣了一下，又看了看門上的名牌，嘀咕著：「我沒走錯啊，怎麼跟進了花草市場似的。」

為這個，關悅被喬樂曦笑話了不知道多少次。

關悅一臉不懷好意的笑：「最近有情況喲？」

喬樂曦嘆了口氣，她就知道瞞不住。

關悅湊過來：「其實齊澤誠怎麼說也算是一表人才事業有成，年紀輕輕就當了技術總監。他可是我們工程部有史以來最年輕的技術總監啊，雖然和妳身邊的那些世家子弟不能比，但那也是書香門第啊，妳怎麼就不心動呢？」

「心動啊，」喬樂曦半真不假地說了句，忽然又問，「妳說齊澤誠最近是受什麼刺激了，怎麼突然看上我了？」

關悅拍了她一巴掌：「人家從妳進公司開始就暗示妳對妳有好感了好嘛？只不過妳一直裝瘋賣傻不接招，人家逼不得已只能明示了！」

喬樂曦搖頭晃腦，苦著一張臉：「唉，辦公室戀情最麻煩了！真是一朵爛桃花！」

從關悅那裡出來，喬樂曦就看到辦公大廳裡的同事看著她莫名其妙地笑，笑得她心裡發毛。

她正奇怪著，一推開辦公室的門就被震住了，裡面滿滿一個房間的香檳玫瑰，她愣了幾秒鐘，眨眨眼睛，反應過來後猛地關上門。

喬樂曦看著隔間裡低著頭偷偷笑的人一陣無語，這都什麼年代了，怎麼還會有人用這麼低級的辦法追女孩子呢？他真該去跟江聖卓學學到底怎麼討女孩子歡心。

她轉過身，笑著問：「姑娘們、小夥子們，有喜歡花的嗎？喜歡的話就進去隨便挑啊。」

眾人看著她，不知道她是什麼意思，沒人動。

喬樂曦一臉惋惜：「這樣啊，沒人喜歡啊，那我只能丟到垃圾桶裡去了。」

這句話一出，年輕的男孩子、女孩子蠢蠢欲動，沒一下子工夫，滿屋的玫瑰就沒了蹤影，畢竟滴著露水的鮮花魅力比較大。

進了辦公室，打開窗戶通了一下風，喬樂曦才坐進去。

到了下午，她就察覺到不對勁了，頭又脹又疼，邊打噴嚏邊找衛生紙擦鼻涕，掀開衣袖，紅色的斑點已經起來了，又紅又癢。

正彎腰在抽屜裡翻藥，就接到了江聖卓的電話。

『巧樂茲，今晚有個電影首映，我正好有票，帶妳去看吧！美女、帥哥雲集喲！』

喬樂曦又接連打了幾個噴嚏，甕聲甕氣地回答：「不去，你自己去吧！」

江聖卓笑嘻嘻的：『喲，這是怎麼了，怎麼脾氣這麼大，感冒了？』

喬樂曦翻了半天都沒找到藥，身上又癢，脾氣自然不好：「你怎麼這麼多話，沒事我掛了啊，忙著呢！」說完便掛了電話。

她好不容易找到了藥盒子，打開一看竟然是空的。

她仰天長嘆，天要亡我啊！

她看了看電腦上的圖稿，又看了看時間，一咬牙，繼續埋頭工作。

下了班她打算趕緊搭車回家吃藥，剛走出辦公大樓，就被齊澤誠叫住了。

「樂曦，花收到了吧？我今天在外面忙了一天也沒來得及問妳，妳還喜歡嗎？」

喬樂曦拿衛生紙捂著鼻子遮著臉，頭暈暈的，渾身發癢，實在沒心情和他寒暄，回了句：

「喜歡，真是謝謝你了。」

說完轉身就走，我謝謝你！我謝謝你祖宗十八代！

誰知齊澤誠還沒完沒了了，一把拉住她的手腕：「別走啊，我還沒說完呢……」

喬樂曦掙扎了幾下無果，所剩無幾的耐心終於被磨光了，不顧平時的形象，只想罵人。

她猛然轉身，卻感覺到一陣天旋地轉，眼前有星星在對她眨眼睛，還沒開口，就有一隻手握上了齊澤誠的手腕，迫使他鬆了手，緊接著那手臂扶了她一下。

耳邊是吊兒郎當的調調：「怎麼了，哥們，光天化日的，何必為難女人啊？」

喬樂曦從沒覺得江聖卓的出現會這麼讓她歡喜。

齊澤誠皺眉看著江聖卓，又看看喬樂曦：「江先生？」

江聖卓雙手插進褲子口袋，閒閒地站著，特別倨傲地問：「你誰啊？」

齊澤誠微笑著做自我介紹：「江先生不記得了？幾個月前我們合作過的。我是樂曦的同事，工程部的技術總監齊澤誠。」

喬樂曦心裡清楚，江聖卓怎麼會不記得，他根本就是看齊澤誠不順眼，故意讓他難堪。她越來越難受，不想再糾纏下去，拉著江聖卓的衣袖：「快走吧。」

江聖卓還沒什麼反應，齊澤誠卻不樂意了，再一次拉住喬樂曦：「樂曦……」

江聖卓看著樂曦拿衛生紙捂著大半張臉，再看著齊澤誠，一下子火了：「你怎麼還沒完沒了了？」

齊澤誠開口解釋：「江先生別誤會，她是我女朋友。」

喬樂曦被他的話嚇了一跳，抬起頭睜大眼睛看著他，一臉的不可思議。

江聖卓不怒反笑，一張桃花臉迎風招展，卻沒半分暖意：「她是你女朋友？哈哈……」

喬樂曦惱了，瞪了齊澤誠一眼：「神經病吧你！」

說完轉身就走。

齊澤誠本想跟上去，卻被江聖卓的眼神制止住。

上了車，江聖卓也不急著開車，半側著身子，戲謔著開口：「您這是幹什麼啊，遮著半張臉，猶抱琵琶半遮面嗎？」

喬樂曦白他一眼，邊在椅背上蹭邊推著他：「少說廢話，快送我回家！」

江聖卓笑嘻嘻地轉過身，忽然看到她露出的一截手臂，一下子斂了笑意，拉過她的手，捲起衣袖看了兩眼，喬樂曦掙扎著想收回手臂。

他伸手扯下她手裡的衛生紙，發現她原本白皙的小臉此刻又紅又腫。

江聖卓皺著眉問：「妳怎麼這個時候過敏啊？花粉的季節早過了啊！」

喬樂曦搶回紙巾，重新遮住臉，咬牙切齒地回答：「都怪剛才那個渾蛋，沒事送我花！」

江聖卓無語：「那妳還敢在那地方待著！」

喬樂曦也委屈：「我哪知道那麼巧，我還想說不定我對那花不過敏呢！」

話音剛落，他突然探過來一隻手摸上她的額頭，手心溫暖乾燥，手指修長骨節分明，喬樂曦還在出神，江聖卓收了手，繼而整個身體靠了過來，壓著她的腦袋貼上了他的額頭。

狹小的空間，呼吸相聞，平添了些許的曖昧和溫柔，竟有些耳鬢廝磨的氣氛。

他的額頭微涼，貼著她有種說不出的舒服，撫慰著她的躁動。

喬樂曦一動也不敢動，似乎一動就能碰觸到江聖卓的唇，她抓緊手裡的衛生紙，本來難以忍受的刺癢也沒那麼難受了。

過了幾秒鐘，江聖卓放開她，語氣不善：「燒成這樣還不去醫院！我看燒成白癡誰養妳！」

喬樂曦還停留在剛才的震驚中，過了半天才嘀咕著：「反正又不要你養，你操什麼心啊……」

江聖卓黑著臉發動車子，剛開了幾百公尺，喬樂曦就叫喚：「欸，錯了！這才幾天啊，你就不記得我住哪裡了！剛才那個路口右轉，你直行幹什麼？」

江聖卓瞪她：「妳這個樣子再吃藥都晚了，快去醫院看看吧！」

喬樂曦抗議：「沒那麼嚴重，我回去吃點藥睡一覺就好了！不去醫院！」

江聖卓無視她的反抗，一路把車開到了醫院。

到了醫院正是下班的時候，江聖卓性子急，直接跨過正常流程抓著她直奔樓上。喬樂曦邊打噴嚏邊叫喚：「欸，你要掛號啊，你去哪裡啊，還沒掛號呢！」

到了三樓，他帶著她直奔某個診室，看樣子帶著很強的目的性，不像是亂來的，喬樂曦也就隨他了。

推開門，原本伏案疾書的男醫生一臉詫異地抬起頭看過來，接著笑起來：「你怎麼來了，我正準備下班。」

喬樂曦跟進來看到這一幕，眨眨眼睛，好帥的醫生啊，文質彬彬的。

江聖卓一把把她推上前去：「她過敏。」

那個醫生站起來，一襲白袍襯得整個人玉樹臨風，檢查了幾分鐘，又問了幾個問題，雖然喬樂曦現在整張臉腫得像個豬頭，又打噴嚏又咳嗽還流眼淚，簡直狼狽至極，卻很耐心地配合著這個帥帥的醫生。

喬樂曦在心裡感嘆著，真是一個極品啊！

檢查過後確定沒什麼大礙，男醫生邊低頭開藥邊認真詢問她是否對藥物過敏。喬樂曦越看越覺得眼前這個男人好看，嘴角不斷翹起，邊左撓撓右撓撓邊對著江聖卓使眼色。

江聖卓站在旁邊無言地翻白眼，順帶表示對她的鄙視。

後來男醫生把藥單交給江聖卓：「好了，去拿藥吧！」

江聖卓看著手上的紙：「這就好了？她還發著燒呢！」

醫生的視線在江聖卓和喬樂曦之間來來回回轉了幾遍，才笑著說：「你真的不放心就打點滴吧。」

於是喬樂曦因為江聖卓的一句話挨了一針。

喬樂曦透過門縫看到江聖卓站在門外和那個醫生說了半天話，後來又聽到兩個人的笑聲，然後便看到江聖卓推門進來。

她打了半瓶點滴，症狀慢慢下去了，也有了精神，逗著江聖卓：「剛才那個醫生，你很熟啊？」

江聖卓在旁邊無聊地翻著報紙：「嗯，以前留學的時候認識的。」

喬樂曦笑瞇瞇地套他的話：「很少見到醫生長得像他那麼帥的！叫什麼名字啊？」

江聖卓滿臉不爽：「我也很帥啊，怎麼就沒聽妳誇我呢？」

喬樂曦「切」了一聲：「你能和人家比啊？人家是白衣天使，救死扶傷，你是辣手摧花，對了，上次你還說了什麼？對！制服誘惑！」

「怎麼我在妳眼裡就這麼一無是處啊？」江聖卓的臉色不自覺地冷了幾分。

喬樂曦小心地哄著：「沒，這不是因為你們是不同類型的嗎？其實現在你這種壞壞的桃花男最受歡迎了……快說，他叫什麼名字啊？」

江聖卓哼哼了兩聲，對她的奉承算是滿意了，才吐出一個名字：「溫少卿。」

喬樂曦一臉迷戀：「連名字都這麼溫潤如玉，真是太難得了。」

江聖卓轉過頭認真地看著她，微微一笑：「其實，無論我說什麼名字，就算是阿貓阿狗妳都會這麼評價吧？」

喬樂曦撇撇嘴，被他看穿了。

從醫院出來，喬樂曦才覺得餓了，踢踢江聖卓：「欸，我餓了！」

江聖卓雙手插在褲子口袋裡，慢悠悠地配合著她的步速，閒閒地回答：「妳去吃溫少卿啊。」

喬樂曦踉蹌一步，江聖卓及時伸手扶住，輕飄飄地睨了她一眼。

喬樂曦睜大眼睛瞪著他，一臉的不可置信：「你一個大男人怎麼那麼小氣啊？」

江聖卓淺淺地勾著唇角，目視前方陰陽怪氣地借題發揮：「對啊，我又小氣，還不那溫潤如玉，名字又俗。」

喬樂曦開始對他拳打腳踢耍無賴：「江聖卓！我餓了！你快帶我去吃飯！」

江聖卓長手長腳地抵擋她的攻擊，兩人打了一路，直到上了車才休戰。

最後江聖卓帶她去了一家常去的私房菜館，等吃飽喝足了，喬樂曦上了車就開始呼呼大睡。

車子緩緩停在喬樂曦家樓下時，她還沒醒。

江聖卓摸摸她的額頭，感覺到燒退了才輕輕拍了拍她：「欸，到家了。」

喬樂曦被吵醒，迷迷糊糊地睜開眼睛，看著他的臉一臉迷茫，過了好一陣子才反應過來：「哦。」

然後閉上眼睛繼續睡。

江聖卓又拍拍她：「妳哦什麼啊，趕緊下車回家睡。」

喬樂曦這次連眼睛都沒睜：「江聖卓，我沒力氣了，你揹我上去吧，鑰匙在我包裡。」

江聖卓馬上拒絕：「妳那麼重，揹妳要收錢的，快下來自己走！」

弄了一個晚上，喬樂曦真的是太累了，倒是願意出錢：「錢包也在包裡，隨便拿。」

「老子無價，妳請不起！」江聖卓扯著她的頭髮阻止她繼續睡。

她半睡不醒的，打了個哈欠，甕聲甕氣地軟著口氣：「江總，你別那麼小氣嘛，我們從小一起長大的情分，還沒辦法讓你揹我一次嗎？你看你哪回落了難找我救你我沒去啊，我們做青梅竹馬的，不就是講求個互相幫助嗎？」

江聖卓內心狂喊：妳哪次救我沒從我這裡撈個盆滿缽滿啊！

江聖卓一邊腹誹一邊認命地打開車門繞到副駕駛座去揹她，碰上這麼個小女子，他也不得不認輸。

直到趴在江聖卓的背上，她才露出本性，揪著他的耳朵問：「小卓子，我是不是一點都不重啊？是不是？是不是啊？」

念著念著又睡著了。

江聖卓一愣，哭笑不得。

他揹著她搭電梯、進門，最後把她放到床上。

一碰到床，喬樂曦就自動自發地縮進被子裡，一臉滿足。

江聖卓看著她沉沉地將臉埋進枕頭裡，才收起嬉皮笑臉，面無表情，嘴角微沉。

當年他年少頑劣，不知道花粉過敏會那麼嚴重，本來只是鬧著玩的，誰知道後果一輩子難忘。

當有人匆匆忙忙地跑來告訴他喬樂曦不舒服的時候他還沒當一回事，等他來到教室看到趴在桌上渾身又紅又腫的喬樂曦時才慌了。

那個時候喬樂曦已經昏迷不醒了。

他也是像今天這樣把她揹在背上，送她去醫院，邊看著她垂下來的手臂上的紅色斑點邊自責，恨不得把自己千刀萬剮了。

好在後來她沒事，當然他也少不得挨了一頓打。

第二天他一瘸一拐地去醫院看她，她還沒心沒肺地坐在病床上笑話他。

他把藥放下，又倒了杯水放在床頭才離開。

剛坐進車裡，就接到了李書瑤的電話：「聖卓，我剛錄完節目，你方便過來接我嗎？」

江聖卓沉吟了一下：「今晚我還有事，改天吧。」

李書瑤也是個聰明人，見慣了風花雪月，立刻明白了他的意思，禮貌地道別後掛了電話。

掛了電話他也不急著開車，又打了通電話。

「白叔，挺久沒聯繫了，最近生意好嗎？」

『江少？哎喲，你怎麼想要打電話給我？』

「您看您這話說的，您賺了我的錢，我就不能打電話給您了？」

『我何德何能賺得了你的錢啊？老爺子近來身體可好？』

「老爺子身體硬朗著呢，揍起我來一點也不費力！」

兩個人打著太極，一個不往正題上繞，一個也不著急問。

『你又開玩笑，老爺子哪裡捨得動你一下啊！』

「哎，白叔，聽說您手下有個叫齊澤誠的技術總監？」

『是有這麼個人，江少是什麼意思？』

江聖卓繼續打哈哈：「沒什麼意思，隨便問問，要不然我們改天出來聊聊？」

『行啊，那就這麼定了！』

江聖卓轉頭看了一眼那扇窗，發動車子離開。

# 第三章　那些青春飛揚的日子

陽光正好，喬樂曦請了半天假，睡到中午才起床，到了下午就活蹦亂跳地去上班了。

剛坐下關悅就賊兮兮地進來：「欸，聽說昨天下班的時候，齊總監和妳在門口拉拉扯扯的，後來妳又上了華庭總裁江總的車，然後我們年輕有為的齊總監就一臉落寞地回來了。」

喬樂曦才懶得管那個罪魁禍首落不落寞呢：「他們不知道我和江聖卓的關係吧？」

關悅搖頭：「不知道！妳不知道我聽他們在茶水間八卦的時候，有多想把這個祕密說出去！憋死我了！」

喬樂曦無奈地看她一眼：「妳還是少聽點八卦吧，別教壞了我乾女兒。」

關悅扶著腰走來走去：「昨天到底怎麼回事啊？」

喬樂曦嘆口氣：「還說呢，齊澤誠送我花，我花粉過敏急著回家吃藥，他還硬拉著我不放，正好遇上江聖卓過來找我，就碰上了唄，事情就是這樣，沒他們想像得那麼狗血。」說完抬頭看著關悅的肚子，「對了，謝恒不是讓妳回家待產嗎？妳怎麼還來上班啊？」

說起這個關悅就開始煩躁：「就這幾天了，妳說他，我才幾個月啊就讓我回家待產，神經病！」

喬樂曦看著她幽幽地開口：「妳是身在福中不知福！」

關悅摸摸肚子：「妳忙吧，我先出去了。」

喬樂曦收了一下郵件，打電話給助手：「陳揚，你怎麼還沒把設計圖給我啊，這都幾天了！」

陳揚在那邊支支吾吾半天，沒說出半個字來，喬樂曦心裡明白了：「行了，進來說吧！」

陳揚苦著一張臉進來，站在她面前也不說話。

喬樂曦問：「圖呢？」

陳揚硬著頭皮回答：「本來畫好了，後來才發現前期有組資料錯了，我正在修改。」

喬樂曦不禁蹙眉：「前期數據錯了？那組數據是誰做的？又不是新人，怎麼會犯這種錯誤？」

陳揚又開始欲言又止，喬樂曦都替他難受，揮揮手：「行了，我知道是誰了，你出去吧！盡快修改好了給我。」

陳揚出去的時候，喬樂曦透過門縫看著正對著兩個男同事撒嬌的某人，嘆了口氣。

最近有很多人跟她說過白津津，不過大多是訴苦，說她靠著對男人撒嬌讓男同事幫忙幹活，一個新人剛來就有這種口碑，也是難得。

她對著電腦螢幕出神，在考慮該怎麼把這塊燙手的山芋扔出去。

手機忽然響了起來，嚇了她一跳。

喬樂曦想來想去也沒想到接手的人，心裡正煩躁著，接起電話就對著那邊吼：「說！」

江聖卓一開口就讓人想起他那掛著玩世不恭笑容的俊顏：『喲，這是誰招惹妳了？哥哥幫妳廢了他！』

喬樂曦一聽愣了一下，幸虧昨天他送她回家，她心裡不免有些愧疚：「沒，工作上的事，你有什麼事？」

江聖卓依舊是吊兒郎當的口氣：『沒事就不能找妳了嗎？打個電話跟妳聯絡聯絡感情不行嗎？』

喬樂曦一聽就聽出不對勁了：「你又喝酒了吧？大中午的就泡在酒缸裡，你也太紙醉金迷了。」

『這樣都能聞到？妳屬狗嗎？』江聖卓嘆了口氣開始訴苦，『我有個工程項目一直卡著沒批下來，打Boss呢！』

兩人說沒兩句就開始互嗆，喬樂曦哼了一聲：「你才屬狗的呢！你有事就快說，我忙著呢！」

江聖卓靠在走廊上，笑著點了根菸，低沉的聲音中透著笑意，連語氣都不自覺地溫柔下來：『真的沒事，不過看妳中氣這麼足應該是好了。』

喬樂曦又愣住了，忽然有些不知所措：「呃……那個，謝謝你啊！你那事要不找找你爸？」

江聖卓『噗哧』一聲笑出來：『妳燒傻了吧？妳這是幫我，還是害我啊？』

喬樂曦這才反應過來，江容修什麼時候幫過他：「要不然你找找我爸？」

這下江聖卓笑得更大聲了，喬樂曦窘迫地捂住了臉。

兩人又胡扯了幾句才掛了電話。

——※——

快下班的時候，喬樂曦接到齊澤誠的電話，說要請她吃飯，喬樂曦想了想欣然前往。地點約在公司附近一家頗有情調的西餐廳，不過對面的那位卻是一臉欲言又止，面對美食難以下嚥。

喬樂曦在吃飯的時候一向專心，天大的事情也只能等她吃完了再說。直到把最後一口甜品咽下去，擦了擦嘴角，她才優雅地開口：「可以開始說了。」

齊澤誠開門見山地問：「妳和華庭的江總……」

喬樂曦對無關緊要的人不願意浪費時間，直捷了當地回答：「我們只是一般朋友，不是你想的那種關係。」

齊澤誠像是忽然鬆了口氣，笑著：「那就好那就好。」

喬樂曦看著他堆滿笑的臉，越看越彆扭：「就是這件事？」

「對不起，我們以後還是保持普通的同事關係好了。」齊澤誠支支吾吾了半天，最後還是說出來了。

喬樂曦疑惑：「我們什麼時候不是普通的同事關係了？」

對面的男人一臉為難，喬樂曦對這個男人一點興趣都沒有，但一直追求自己的男人忽然倒戈了，她的心裡多少還是有點好奇的。

齊澤誠也看出來了，主動開口解釋：「前段時間新進公司的白津津，聽說她是白總的姪女。」

樂曦眼角一跳：「然後呢？」

齊澤誠忽然壓低了聲音：「白總的父親以前是政壇的，是樂准的老部下，樂准妳知道吧？我記得小時候在電視上經常看到。」

樂准？

聽到這個名字，喬樂曦愣了一下，繼而點頭，很快又有些無可奈何地笑起來。

看到她臉上的笑容，齊澤誠感到一陣毛骨悚然。

喬樂曦越想越好笑，忍不住笑出聲來，真沒想到她竟然也會有這麼一天。

出了餐廳，喬樂曦打了電話給江聖卓，對著他哼哼：「江聖卓，你請我吃飯吧，我被人踹了！」

江聖卓還沒說話，倒是那邊有個甜美撒嬌的聲音叫了聲江少，夾雜著嘈雜的音樂聲和人聲，尾音宛轉綿長。

喬樂曦不禁打了個寒顫，瞬間就起了一身的雞皮疙瘩，她明白自己打得不是時候，飛快地說了句：「我沒事了，你忙你的吧！」

儘管江聖卓那邊伴隨著開門關門聲說了句：『妳先別掛……』

喬樂曦還是很俐落地掛了電話。

沒幾秒鐘，江聖卓打了過來：『怎麼回事啊？跟妳說別掛、別掛，手怎麼那麼快呢？』

喬樂曦笑嘻嘻的：「這不是怕打擾你歌舞昇平嗎？」

『行了，怎麼這麼晚還沒吃啊，去哪裡吃？』

「我吃飯了啊，你吃了嗎？你隨便找個地方吧！」

『行，定位資訊傳給我，妳在原地等著，我去接妳。』

江聖卓掛了電話就要回去拿鑰匙，進了包廂，幾個人調侃他：「怎麼了江少，是哪個美女啊，一通電話就把你勾走了？」

江聖卓不慌不忙地穿著外套，笑著罵回去：「哪有美女啊，那是姑奶奶，我要哄著她！今天我先走了，記我賬上，你們好好玩！」

江聖卓出了包廂，才有人思索著問：「我記得他爺爺那一輩都是男的，沒有女的啊，他哪裡來的姑奶奶？」

另一個人馬上給了他一拳：「你真傻還是假傻啊！女人的電話，一句話就把他叫走了，還樂呵呵的，除了喬家那個小妹妹，還有誰啊？」

「哦……」

「……」

——※——

喬樂曦在路口等了十幾分鐘就聽到江聖卓隔著馬路叫她，等上了車，她還假惺惺地問：「沒打擾你一樹梨花壓海棠吧？」

江聖卓看了她一眼，側臉被車外的燈光襯得忽明忽暗，一雙漆黑如墨的眸子此刻染上了意味不明的笑意，嘴上還是不正經：「打擾了，妳賠我嗎？」

賠？陪？

喬樂曦在腦子裡思索了半天，不管哪個字，江聖卓這個便宜都是占定了，索性不理他。

他們去了附近的一個茶莊。剛推門進去就有人迎上來，從外面看這家茶莊的門口很不起眼，進來才知道別有洞天。

裝潢得很有古韻古風，一進門便看到小橋流水，喬樂曦往前走了幾步，看到清澈的水底有幾尾紅色的錦鯉在吐泡泡。

那人立在一旁微微彎腰，恭恭敬敬地問：「江少，還是老規矩嗎？」

江聖卓沒回答，也不催，只是氣定神閒地站在旁邊等著喬樂曦打量完。

喬樂曦本來興趣盎然地東瞧瞧西看看，突然停下來，開始上上下下地打量他，看得江聖卓一臉不解：「怎麼了？是不是忽然發現小爺我豐神俊逸啊？」

「啊呸！」喬樂曦白他一眼，「江聖卓，我也在這地方待了二十多年，為什麼我就沒發現過這麼好的地方呢？還有啊，怎麼你這張臉到哪裡都是ＶＩＰ啊，該不會您平時沒事就只顧著吃喝玩樂了？」

江聖卓也不生氣，痞痞地笑著：「進包廂還是其他的？」

喬樂曦沒理他，笑盈盈地問旁邊的經理：「看來江少沒少來這地方吧，老規矩是什麼啊，說出來我聽聽。」

經理倒是第一次見到江聖卓帶女孩子來這裡，而且這個女孩子和江聖卓說起話來一點都不客氣，偏偏江聖卓還不生氣，他不免有些搞不清楚她的身分，支支吾吾地開口：「這……」

喬樂曦臉上的笑容繼續放大：「是不是進包廂，點幾個小菜，上壺酒，再來幾個如花似玉的美人，一個在前面彈古箏唱小曲，剩下的圍著他飲酒作樂，由著他左擁右抱啊？」

江聖卓「噗哧」一聲笑出來：「妳當這裡是什麼地方，八大衚衕啊？越說越離譜了，白白糟蹋了這麼高雅的地方。」

喬樂曦已經抬腳往廳裡走了：「算了吧，我們不是那苟且的關係，在大廳坐坐就行了。」

坐下後，喝了茶，喬樂曦不開口，江聖卓也不問，散漫隨意地坐著，搖頭晃腦地跟著前方臺上一個穿著旗袍彈著古箏的女子哼著小調。

喬樂曦撇著嘴看他，兩腿交疊，一隻手隨意地放在腿上打著拍子，細長明亮的眼睛此時半閉著，薄唇微抿，一臉的滿足，怎麼看都像個紈絝子弟。

她忍不住調侃他：「沒想到你還有這能耐，哪天你的公司倒了，還可以到這裡來賣唱，肯定可以養活自己，搞不好還能混個紅牌當當。」

兩個人獨處時說話一向口無遮攔，江聖卓忽然轉頭對她溫柔一笑：「不好意思，我只賣腎不賣藝！」

喬樂曦「噗」一聲把口中的茶噴了出來，又咳嗽了半天才哈哈大笑起來：「賣腎？不賣藝？哈哈，江聖卓，你是怎麼想出來的？再說了，你整天花天酒地荒淫無度的，你那兩個恐怕早就不夠用的了吧？還賣呢！」

江聖卓斜睨她，閒閒地開口：「妳要不要試試？」

喬樂曦立刻安靜了，她今晚已經第二次栽在這種話題上了。

雖然她和江聖卓有時候也會涉及葷段子，但每次她都以失敗而告終，總結失敗的原因，不外乎就是一點，她沒江聖卓那麼不要臉。

一曲終了江聖卓才開口問：「剛才妳說的是怎麼回事啊？」

喬樂曦立刻有了傾訴的欲望，身體前傾神色認真：「齊澤誠你還記得吧？」

看到江聖卓邊端著茶杯邊吹開茶葉點頭，她才又繼續，把晚上的事情大概講了講。

講完之後喝了口水，她還是覺得特別好笑：「他特別義正詞嚴地跟我說，『白津津是白總的姪女，白總的父親是樂准的老部下，樂准妳知道吧？我記得小時候在電視上經常看到』。」

看著喬樂曦繪聲繪色地一人分飾兩角，江聖卓忍俊不禁，抬眸看她：「他，不知道樂准是妳外公嗎？」

喬樂曦點點頭，說完拿出手機翻出一張照片邊對比著邊問：「難道我和我外公長得一點都不像嗎？」

江聖卓奪過她的手機扔到桌子上：「別比了，那他也該知道喬家啊，妳也恰好姓喬，他就沒產生過什麼聯想？」

喬樂曦搖頭，一臉不屑：「都是一群理工男，他們才不關心這些呢！哪像你一樣滿肚子花花腸子。」

江聖卓不樂意了，皺著眉看她：「妳怎麼無論什麼時候都不忘奚落我呢。」

喬樂曦眨著大眼睛，擺出一副特別無辜的表情：「我沒奚落你的意思啊，我是誇你，真的！我是想說他們都是一群榆木腦袋！」

江聖卓做總結性發言：「我今天才知道什麼是丟了西瓜撿了芝麻。」

喬樂曦越想越覺得好笑，江聖卓靠在椅背上看著她。

燈光下，那個捧著茶杯的小女人似乎還在回憶，彎著嘴角，整張臉柔和得一塌糊塗，眼睛裡閃著細細碎碎的光彩，一張一闔間，靈氣便飄散出來。

喬樂曦自己悶著頭笑了一陣子，突然毫無預警地抬頭，江聖卓來不及收回視線，反應極快地先發制人：「白津津是誰？」

喬樂曦就知道這個色狼從來不會放過任何一個女人，幽幽地回答：「一個特別矯情、特別極品的女的。」

江聖卓「嗯」了兩聲：「那肯定是個美女。」

喬樂曦冷哼：「何以見得啊？」

江聖卓勾唇一笑：「一般女人對女人的評價都要反著聽。」

喬樂曦翻白眼：「切！謬論！」

古色古香的茶室裡，一男一女坐在朦朧柔和的燈光下，你一句我一句，偶爾相視而笑，從窗外看進來，一派靜謐美好。

——※——

之後的幾天，喬樂曦忙得昏天黑地，在公司見到齊澤誠也只是點頭打招呼，而齊澤誠也收起了往日對她的熟絡，或許是怕別人說什麼，倒是沒對白津津有什麼特別的表示。可時間長了，狐狸尾巴總是要露出來的。

關悅漸漸看出了苗頭，中午吃飯的時候特地拉著喬樂曦坐在角落裡。

喬樂曦低頭猛吃，關悅的視線在中間那桌邊吃飯邊說笑的一男一女間徘徊許久，收回來問喬樂曦：「這次下猛藥了？」

喬樂曦順著她的視線看過去，齊澤誠正幫白津津夾菜，笑得那叫一個寵溺。

她攤攤手：「更確切地說，應該是我被踹了。」

關悅眼中精光一閃，身體裡的八卦元素迅速啟動：「為什麼？」

喬樂曦似乎很苦惱，皺著眉：「他說，白津津是白總的姪女，他想走捷徑。」

關悅一個沒忍住笑出來：「妳活該，誰叫妳這麼低調。」

樂曦一臉無奈：「難道我低調也錯了嗎？」

生活真的是一場精彩絕倫的大戲啊！

過了一陣子關悅又問：「就這麼放過他了？這可不是妳的作風啊。」

喬樂曦聳聳肩：「無所謂啊，我本來就對他沒興趣，把自己不喜歡的玩具送給別人是一種美德。」

關悅瞇著眼睛看她，嘖嘖了兩聲：「妳這張嘴啊，可真夠毒的！晚上一起吃個飯？」

喬樂曦擺手，還應景地打了個哈欠：「不了，快放假了，我那裡的工作都堆成山了，趕了好幾個晚上，今天要早點回家睡覺，我現在特別睏啊！」

關悅看她一臉的疲憊，猶豫半天，叫她：「樂曦。」

喬樂曦隨口應了一聲。

關悅斟酌了半晌才再次開口：「妳有沒有想過，嫁人？」

喬樂曦愣住了，不知道在想什麼，關悅一瞬間在她那張臉上看到了落寞和不甘。

喬樂曦忽然嬉皮笑臉地回答：「想啊，我這不是正在努力嘛，最近我發現江聖卓認識的一個醫生特別帥，真的！這年頭的帥哥不是冰山悶騷型，就是自戀毒舌型，長得好又溫潤的真是不多見了，對了，他的名字和他也特別配……」

關悅看著吱吱喳喳說個沒完的喬樂曦，嘆了口氣。

沒過幾天，齊澤誠便接到調令，被調到南方某個城市的分公司去了。雖然是平級調動，大家面上也笑著歡送他，但是心裡都清楚這種明升暗降的把戲，都在暗中猜測他得罪了哪位高層。

據說，白津津為這事跑了白總辦公室很多趟，卻依然沒有改變結果。

關悅問喬樂曦是不是她動的手腳，喬樂曦也是一頭霧水，倒是白津津從那之後每次見到她總是冷著一張臉，再也不見剛來時的熱情。

人事調動本就是常事，沒過幾日大家便有了新的話題，喬樂曦也沒放在心上。

——※——

國慶假期很快到來，放假第一天早上，天還沒亮，喬樂曦就被敲門聲吵醒，她皺著眉爬起來去開門，看到江聖卓一身白色運動服精神抖擻地站在門外。

喬樂曦已經很多年沒見過穿著運動裝的江聖卓了，此刻她彷彿回到了學生時代，而江聖卓似乎一點都沒老，只是比上學那時高大挺拔了不少。她記得以前上學的時候，每次上體育課，總有一堆女生對著身著運動服又跑又跳的江聖卓尖叫，而喬樂曦則在旁邊一臉不屑地捂著耳朵。

雖然江聖卓在喬樂曦眼裡沒幾個優點，但他那副衣架子身材穿什麼都好看的資質還是很讓她羨慕的。

江聖卓一臉的興奮：「走，我們去廣場看升國旗。」

喬樂曦靠在門上瞇著眼睛打哈欠，語氣惡劣：「江聖卓，你腦子有病吧，大早上的看什麼升國旗啊！」

「妳不是喜歡帥哥嗎？一整班禮賓衛隊給妳看呢，走吧！」

江聖卓邊說邊扯著她。

喬樂曦緊緊地扒住門不放手，鬼哭狼嚎：「江總、江爺、江大少、江公子！您就放過我吧！我是有床有被子的人了，你不能這樣啊！」

江聖卓忽然放了手，雙手抱在胸前，慢條斯理地問：「妳是想進去換衣服乖乖地跟我走呢，還是讓我把穿著睡衣的妳扛下去？」

聰明如喬樂曦，怎麼會不知道男女在體力上的懸殊差異，所以她只敢在口舌上和江聖卓一決勝負，從來沒在手腳上和他起過衝突，完全是因為清楚在武力值方面自己不是他的對手。

她進了屋拖拖拉拉地洗漱換衣服，對著鏡子刷牙的時候還在詛咒江聖卓，然後從櫃子裡翻出那套自從買了就沒穿過的運動衣。

等她和江聖卓來到樓下的時候，喬樂曦依舊一副沒睡醒的樣子，迷迷糊糊地問：「你的車呢？」

江聖卓忍著一臉壞笑，還擺出一副正正經經的樣子：「什麼車？我們跑著去！」

喬樂曦皺著一張臉，咬著唇平復了半天情緒，才抬起頭問他：「你不是在玩我吧？你知不知道這裡離升旗廣場有多遠啊？」

江聖卓眨眨眼睛，一臉天真：「沒多遠啊，我們跑快點，半小時就到了啊！」

時間尚早，路上倒是有不少晨練的人，但是大多數都是老年人，和狗。

喬樂曦覺得江聖卓絕對是後者，那大不了她吃吃虧做一下前者吧。

她在江聖卓的威逼利誘下終於趕在太陽升起前跑到了升旗廣場。

紅彤彤的太陽剛剛升起來，沒有鋒芒畢露的刺眼光芒，金色柔和的光灑在身上，只感覺到溫暖，看到國旗班衛兵整齊的步伐和冉冉升起的國旗，聽著慷慨激昂的國歌，兩個人忽然被某種情緒感染，都很安靜地看著國旗定格在旗杆頂部。

人群漸漸散去，只有他們兩個人還站在原地，呆呆地仰頭看著迎風飄揚的旗幟。

「妳有多久沒來這裡看過升國旗了？」江聖卓的聲音聽上去少了幾分戲謔不正經，多了幾分清冽醇厚。

喬樂曦想了想，認真回答：「最近一次來還是高中那時，也是國慶吧，你忘了，我們全校都來了，黑壓壓的一片，跟蝗蟲過境似的，我記得，那天天氣特別不好，都那個時間了還黑乎乎的，罵聲一片啊！」

江聖卓記得，那天天氣陰沉，颳著風，很黑，喬樂曦站在孟萊的右邊，他站在孟萊的左邊，周圍都是抱怨的聲音，什麼好不容易放假還一定要來看升國旗，還當我們是小學生啊！

喬樂曦那天不知怎麼了，忽然有些傷春悲秋，想到很多事情，本來仰著臉看著，卻忽然低下頭無聲無息地落下淚來。

江聖卓正歪著頭一臉不正經地對兩人說：「瞧，黑雲壓頂，陰風陣陣，不是好兆頭啊，我們學校校長簡直是逆天而為啊……」

說到一半忽然愣住，其實他根本沒看清楚喬樂曦的臉，只看到一滴清淚從她的下巴上滴落，先是一滴兩滴，而後越來越多。

孟萊倒是沒發現異常，只是拍了江聖卓一下，皺著眉壓低聲音說：「你胡說什麼呢？也不看看這是什麼地方！」

江聖卓勉強笑了一下，沒敢看太久，也沒敢驚動孟萊和喬樂曦，轉過頭去了。

後來，他自己又來這裡看過很多次，站在喬樂曦的位置，看過很多遍，但他怎麼也想不明白，那日喬樂曦為什麼忽然哭了。

幾年前他留學歸來的那天，沒讓任何人來接，從機場直奔這裡，從車上下來才淩晨三點，正是黎明前最黑暗的時候。他穿著羊絨大衣，圍著厚厚的圍巾，拉著行李箱，什麼都看不見，只看得見自己手裡猩紅的光。

他傻傻地站在那裡等，他不知道自己在等什麼，不知道自己想幹什麼，甚至不知道自己為什麼會站在這裡。

是想看升國旗嗎？

那他完全可以先回家放了行李吃點東西再折回來，畢竟坐了十幾個小時的飛機，本就筋疲力盡，胃裡也空空的，這滋味並不好受。

答案顯然不是。

他只是覺得慌亂，不是生理上的，而是心理上的，二十幾年來，他第一次覺得無計可施茫然無措，連菸草的麻痹都壓不住。

在黑暗中，他對自己說，如果今天太陽升起來，他就繼續，如果今天是陰天，他就直接帶著行李箱去機場不再回來。

當他在紅色的曙光中輕聲和著國歌看著升旗儀式結束時，才微微笑起來，眼底竟有些濕。

他一轉身拿出手機，拉著行李箱往前走，電話一接通他就用一副玩世不恭的語調對著那邊嚷嚷：「喂，巧樂茲，小爺我回來啦！妳還不趕緊來接駕？」

那個時候喬樂曦靜了幾秒鐘，才在電話裡對著他吼：『江蝴蝶！你也不看看現在才幾點啊！』

他可以想像得到，此刻的喬樂曦定是把頭埋在被子裡，一臉憤怒地吼著，再配上她睡得亂糟糟的頭髮，真像隻發威的 Hello Kitty 啊！

她還是和小時候一樣，每次江聖卓惹惱了她，她總是氣急敗壞地叫他「江蝴蝶」！

江聖卓彎起唇，無緣無故地感嘆了一聲：「真好啊！」

留學的幾年，是他們之間的空白期，還好，她沒變，他也沒變，他們一點也沒有變得生疏。

——※——

看完升國旗，江聖卓又拉著喬樂曦到處亂轉。

公園裡，喬樂曦坐在椅子上看江聖卓像模像樣地和一群老人打太極，昏昏欲睡。

她瞇著眼睛懶洋洋地喊了聲：「江聖卓！你好了沒有啊，我能回去睡回籠覺了嗎？」

答案當然是不可以，江聖卓又拉著她去吃早飯，吃飯的時候江聖卓接了個電話，聊了很久。

掛了電話，喬樂曦賊兮兮地問：「誰啊？」

江聖卓調侃她：「喲，您甦醒了？不知道的還以為您一直在夢遊呢！」

喬樂曦踢他一腳：「快說啊！」

江聖卓邊往嘴裡塞東西邊含糊不清地說：「溫少卿，問妳的過敏好了沒。」

喬樂曦一臉喜色：「嘖嘖，真是既溫潤如玉又心地善良，醫者仁心，居家旅行必備的好男人啊。」

江聖卓瞇著眼睛打量她：「我怎麼發現妳越來越沉迷於男色了呢？」

喬樂曦輕咳一聲：「作為一個女人，我不抽菸不喝酒也就算了，如果還不好色那活著還有什麼意義？」

江聖卓「噗哧」一聲笑出來：「好理由，我下次借來用用。」

喬樂曦一臉嫌棄：「我們不一樣。」

「怎麼不一樣？」

「你既抽菸又喝酒，還好意思好色嗎？」

江聖卓被她氣得不行：「妳不知道嗎，男人本『色』！」

喬樂曦放下筷子，討好地問：「欸，溫少卿有女朋友了嗎？」

江聖卓愛理不理：「不知道。」

喬樂曦在桌下踢踢他：「你幫我問問唄！」

江聖卓依舊一副懶洋洋的模樣：「幫妳問可以啊，我有什麼好處？」

「我剛剛不是又陪你看升國旗又陪你打太極的，還不夠啊？」喬樂曦一臉豪邁，「大不了這頓我請了！」

江聖卓被逗樂，鬆了口：「好吧，有機會我問問。」

過了兩天，江聖卓果然打電話給喬樂曦。

『忙什麼呢？』

喬樂曦正在陽臺上曬太陽，抱著本書昏昏欲睡：「沒忙，放假了，閒著呢。」

『明天去北戴河玩吧？』

喬樂曦只當他是胡扯逗她玩：「不去！」

『真的不去？別怪哥哥不幫妳啊，溫少卿也去哦。』

喬樂曦拿書擋在臉上，舉著手機半晌才彎起嘴角：「那我去！」

『好，明天一早去接妳！』

——※——

江聖卓去哪裡都是前呼後擁的，幾輛車浩浩蕩蕩地往北戴河開。

上了車，喬樂曦看到溫少卿坐在副駕駛的位置，而江聖卓少見地帶了司機，自己靠在後座上閉目養神。

看到她上車，他才半睜開眼睛懶洋洋地介紹：「就不用我介紹了吧？少卿，雖然她那天臉腫得像豬頭，但你對她還是有印象的吧？」

溫少卿溫和一笑：「記得，喬小姐。」

喬樂曦立刻挺直腰背，笑得像朵花一樣：「溫醫生。」

那天的白袍脫了，換上了一件薄薄的米色風衣，看上去還是一樣的帥氣好看，喬樂曦的嘴角勾得更厲害了。

說完溫少卿便轉過頭去盯著前方的路況，話並不多。

喬樂曦畢竟和他不熟，而江聖卓不知道想要搞什麼，一聲不吭。他今天穿了一件黑色的襯衫、休閒長褲，整個人英氣逼人，話也不多，竟帶了幾分清冷禁欲的味道。

她只能靠在椅背上歪頭看風景。

她忽然想起了什麼，靠近江聖卓在他耳邊壓低聲音問：「剛才上車的時候，我看見葉梓楠了，他身邊怎麼還是那個女孩啊？他來真的？」

江聖卓閉著眼睛：「應該是。」

喬樂曦摸著下巴想了半天，又轉過頭去，小聲嘀咕了一聲：「真是羨慕啊！」

到了度假村，一群人稍微收拾了一下就聚在一起打麻將，一屋子烏煙瘴氣的。喬樂曦真不知道這幫人是來玩的還是來打麻將的。

她站在江聖卓身後看著，每次江聖卓出牌她都會阻止：「欸，別出這個！出那個，那個！」

她本來就喜歡打麻將，但打得實在是太爛了，沒人願意跟她玩。

經過她的指點，沒一下子江聖卓就輸得四面楚歌，其他三個人大笑不止：「樂曦，妳是來送錢給我們的吧？」

偏偏江聖卓不氣也不惱，從頭到尾臉上都帶著淺笑，彷彿輸出去的都是紙，嘴裡叼著菸歪著頭問喬樂曦：「巧樂茲，下面我出什麼？」

喬樂曦知道他們玩得比較大，她不敢再胡鬧：「你隨便吧，屋裡好悶，我出去逛逛。」

邊說邊使勁對江聖卓使眼色，江聖卓也懂事，對著一直安靜觀戰的溫少卿笑嘻嘻地說：「溫醫生，你陪她去吧？」

溫少卿當然不會拒絕。

兩個人在度假村裡邊逛邊聊天，溫少卿很有紳士風度，主動打破平靜。

「喬小姐和聖卓很熟？」

喬樂曦踩著地上方磚的邊框：「我們認識二十多年了，從小一起長大的，他身上有幾根毛我都清楚。」

溫少卿笑了笑，不過那笑容看在喬樂曦眼裡似乎有些變質，她急急地解釋：「不是你想的那樣，我一直把他當哥哥。」

溫少卿又笑了：「喬小姐不用緊張，我沒亂想。」

「不用那麼客氣，你叫我樂曦，我叫你少卿吧！」

溫少卿想了一下，沒答應卻轉而說了句無關緊要的話：「說起來，我大學有個室友也姓喬。」

喬樂曦隨口接話：「這麼巧。」

「他也是本地人，說不定妳們認識的，他叫喬裕。」

喬樂曦反應了很久才消化掉這個資訊，再看溫少卿時眼神都有些不一樣了，她仔細回想了一下，好在她沒說什麼出格的話，心裡不免又給江聖卓記上了一筆，一不小心又被這個渾小子悄無聲息地算計了一把！

她也不敢再提什麼少卿了，笑得有些諂媚：「哈哈哈，溫哥哥，原來你和我二哥認識啊？怎麼不早說……」

早說我哪裡敢調戲你啊……被我二哥知道了肯定要罵死我了……

溫少卿笑了笑，沒說話。

喬樂曦生硬地找著話題：「我聽江聖卓說，你和他是留學的時候認識的？」

溫少卿目視前方，雲淡風輕地回答：「我救過他一命。」

喬樂曦突然頓住了，盯著溫少卿：「你說什麼？」

溫少卿對她的反應並不吃驚：「我們去那邊坐？」

直到喬樂曦跟著他坐到度假村的咖啡廳裡，溫少卿才慢慢開口：「那年冬天，我們一起去滑雪，天快黑了，他摔斷了腿，是我揹他回來的。」

輕描淡寫的幾句話，但是喬樂曦明白，當時的情況必定比他說得兇險。

她忽然想明白了：「怪不得呢。」

溫少卿轉頭看她：「怪不得什麼？」

喬樂曦笑了一下：「我總覺得他對你有種超出對同齡人的尊重，原來是這樣。」

溫少卿看著眼前的這個女孩，五官靈秀精緻，看上去乖巧溫婉，從第一次見面就絲毫不掩飾對自己的好感，但她表現得越明顯，溫少卿越覺得假，越是知道她的心意不在自己身上。

一顰一笑間，靈氣逼人，看著她的眉目總是讓他想起另一個人，卻不是她二哥。雖然性別不同，但仔細觀察，他們真的很像，笑起來的時候眼角會上挑，一股嫵媚之氣自然散發出來，和另一個妖孽氣息相通，甚至一些小動作和語氣都很像。

他心裡的那個女孩沒有這麼奪目耀眼，卻別有一番風情。

收回思緒，溫少卿很快開口：「喬小姐對夫妻相怎麼看？」

喬樂曦還在想著他剛才說的話，順口回答：「你是說，一男一女在一起的時間久了，相貌和習慣會相似？」

溫少卿微笑，點頭。

喬樂曦不知有坑，想了想回答：「應該是有的吧。」

「那喬小姐有沒有發現妳和聖卓很有夫妻相？」

溫少卿溫潤的聲線滿含笑意，還是之前醫院那個溫潤如玉的公子，可喬樂曦卻偏偏覺得眼前這個男人的段數不是一般的高，不是她可以撩撥的。他那溫和的笑容裡，眼裡的通透和敏銳讓她不寒而慄。

他的五官本就柔和，笑與不笑都給人一種無害的溫和，所以喬樂曦一開始才放鬆了警惕。她覺得情況不妙，趕快從坑裡爬出來：「呃，為什麼我們一直在說江聖卓？」

溫少卿挑眉：「喬小姐這麼不遺餘力地接近我，不就是想知道那幾年的事情嗎？」

他還記得剛認識江聖卓的時候，他和其他人一樣以為他是個紈絝子弟，飛揚跋扈，靠著家裡的關係才能到這所學校，後來有一次他在圖書館通宵趕一篇論文，淩晨四點，他離開的時候發現了角落裡的江聖卓，恬靜沉毅，眉目沉靜，眼神自信篤定，那一刻他真的無法確定，這個男人是不是他所認識的那個江聖卓。

喬樂曦有不好的預感，腦中警鈴大作：「你是什麼意思？」

溫少卿舉杯優雅地抿了口咖啡，斯斯文文地扔出炸彈：「沒什麼意思，喬小姐和聖卓很般配。」

心思被人看透並當眾揭穿，喬樂曦簡直稱得上是落荒而逃。

喬樂曦從咖啡廳的側門出來便看到了走廊盡頭那道修長慵懶的身影，他大半個身子都隱在陰影裡，雙手插在褲子口袋中，斜斜地靠著，走近了才看到他臉上的笑容。

一臉陰謀得逞幸災樂禍的奸笑。

「見識到溫醫生的厲害了？」

喬樂曦不甘心地翻了個白眼卻不得不承認。

江聖卓直起身子走了兩步：「都告訴妳了，別招惹他。」

喬樂曦惱羞成怒：「你什麼時候告訴過我了？！」

「哦，是嗎？」他一臉無辜還一副回憶的樣子，「我沒告訴過妳嗎？」

喬樂曦帶著一副話不投機半句多的不屑表情從他身邊走過。

經過江聖卓身邊的時候，他伸手拉住她：「海邊走走？」

喬樂曦想著回去也是無聊便答應了。

剛進入十月，溫度依舊很高，已經是傍晚時分，吹著海風也不覺得冷。

兩個人在海灘上走累了，便坐下來聽海浪聲。

江聖卓忽然笑起來，低沉輕緩的聲音伴隨著海浪聲特別悅耳。

「妳記不記得，妳小的時候差點在這裡被淹死，多虧我救了妳。」

喬樂曦對這段往事記憶深刻，咬牙切齒：「你還敢說，還不是你推我下去的！」

「是爺爺說的，多喝幾口水就學會游泳了，誰知道妳這個倒楣孩子一口都不肯喝，一直往下沉！」

「我才不喝呢！髒死了！」

那個時候每年夏天放暑假，江爺爺都會帶著江聖卓和喬樂曦來北戴河避暑，兩個人在這片沙灘上留下了很多笑聲和吵鬧聲，那些歡樂的聲音似乎還在耳邊，可他們都已經長大了。

想起剛才溫少卿的話，喬樂曦感嘆了一句：「江聖卓，原來我們真的認識好多年了……」

每次喬樂曦心平氣和地叫他的名字的時候，江聖卓就會安靜下來：「是啊，好多年了……」

每一個人的青春裡都有萬水千山，那麼多的日日夜夜用一句認識好多年便一筆帶過，而這「好多年」裡又有怎樣的故事？

他們一起從春夏走過秋冬，一起從少年到成年，一起看過花開花落，一起陽奉陰違地騙過老師和父母……

整個人生歲月都互相牽絆糾纏，這種情誼又怎麼算？

可是，孟萊要回來了。

不過、然而、可是……人生總是充滿了這些讓人猝不及防的詞。

喬樂曦只覺得心裡一片荒蕪，轉頭微微一笑：「好冷啊，我們回去吧！」

江聖卓歪頭看她，似乎想說什麼，但看到她滿臉的無所謂，他最終還是咽了回去。

那句「我一直把他當哥哥」他聽到了，那麼急於和他撇清關係，他還能說什麼？

回去的路上，喬樂曦假裝不經意地問：「聽說，留學的時候你的腿摔斷過？沒事了吧？」在我不在你身邊的那幾年。

江聖卓正脫下外套披到她身上，手上動作一頓：「都多少年了，早就好了。」

喬樂曦忽然有些惱自己年少時的任性，她不知道那幾年她到底錯過多少。

可是，她卻並不後悔，如果再給她一次機會，她還是會那麼做。

——※——

此次北戴河之旅讓喬樂曦了解到了溫潤如玉的溫少卿的城府是何等深，回程時江聖卓提議讓她和溫少卿同輛車，被她義正詞嚴地拒絕了。

回去的路上，喬樂曦靠在後座上昏昏欲睡，腦袋不斷地往車門玻璃上撞。江聖卓把她的腦袋扶到自己肩上，壓低聲音對前排的人說：「音樂聲小一點。」

前面兩個人都是平時和江聖卓玩得好的，知道江聖卓和喬樂曦從小一起長大，跟哥們一樣，看到如此情景也沒多想。

下了高速公路，安靜了一路的車裡突然響起手機鈴聲，喬樂曦睡得正香，被嚇了一跳，整個人都差點跳起來，心怦怦直跳。

江聖卓拍拍她的後背安撫了一下，喬樂曦看了看他才翻出手機，看也沒看就接起來了。聽到聲音的那一瞬間，她猛然抬頭，直勾勾地看著江聖卓，很久之後才回了一個「好」字，然後掛了電話。

接完電話之後喬樂曦就低著頭悶悶地玩著手機，也不睡了。

江聖卓踢踢她：「不睡了？誰的電話啊，怎麼立刻就萎靡了？」

喬樂曦抬頭看他一眼又低下頭，欲言又止了半天才說出來：「孟萊說她後天中午到，讓我去接她，我答應了。」

相對於她的糾結，江聖卓倒是一副無所謂的態度：「哦。」

之後兩個人各懷鬼胎，一直保持沉默。

下車前，喬樂曦扶著車門彎腰試探著問：「後天你去嗎？」

江聖卓靠在座椅裡，側身看她：「妳想讓我去嗎？」

喬樂曦垂著眼睛想了半天：「要不然，一起去吧？」

江聖卓點頭：「行啊，那後天我來接妳。」

話音剛落，喬樂曦不知道怎麼了，看他的眼神都變了，面無表情地站起身砰的一聲關上車門，頭也不回地走了。

江聖卓一頭霧水，不知道自己哪句話又得罪她了。

她下了車之後，前面安靜了一路的兩個人開始聊天：「欸，孟萊是誰啊，怎麼這麼耳熟呢？」

「這你都忘了！高中那時和江少玩得最好的那位，後來還一起去留學。」一邊說邊轉頭問江聖卓，「是吧，江少？」

他們在一起聊天本來就喜歡八卦胡說，越攔著越起勁，江聖卓就由著他們說。

「我記得她和樂曦還是好朋友對吧？那個時候我們都說，理組班最嬌豔的兩朵花就是孟萊和樂曦了，不過樂曦沒有孟萊有女人味，孟萊嬌嬌弱弱的，看她一眼啊，就想讓人衝上去保護她，她對你一笑啊，真是……」

那人以為江聖卓和孟萊在一起那麼長時間總歸是偏愛孟萊的，便開始拍馬屁。誰知江聖卓本來還看起來眉眼平和，聽著聽著漸漸地皺起了眉，神色不豫，連嘴角都沉了下來。

那人從後視鏡看了一眼，立刻改口：「瞧我這張嘴，該打，她是什麼東西啊，怎麼能和喬家妹妹比啊！和江少玩得最好的一直都是喬家妹妹嘛！說真的，看著你和喬家妹妹打打鬧鬧這麼多年感情還這麼好，我們哥們幾個真是羨慕啊！」

江聖卓的臉色這才正常，睨他一眼：「行了，別說了，開了一路還不累啊。」

——※——

隔了一天，江聖卓來接喬樂曦一起去機場，她出來的時候還沒有好臉色，江聖卓只當她是起床氣。

她拖拖拉拉地站在車旁就是不上車：「要不然我不去了，你自己去吧？」

江聖卓也不著急，閒閒地站在一旁點了根菸吞雲吐霧，用夾著菸的手撓撓眉毛：「妳不去我去幹什麼？」

喬樂曦陰陽怪氣地回答：「她不是你的某任前女友嗎？」

江聖卓隔著煙霧瞪她：「巧樂茲，妳想怎麼樣啊，都多少年前的事了，妳還有完沒完了？」

喬樂曦自認灑脫大氣，現在這樣確實有點小家子氣，長長地吐出一口氣後，她還是選擇妥協，低著頭上車：「走吧！」

江聖卓一臉古怪地看著她：「妳今天怎麼不太正常啊，生理期？」

喬樂曦睜大眼睛看著他，臉都快燒起來了：「你才生理期呢！」

江聖卓樂了：「還不好意思了，妳也不想想上學那時，妳弄髒過我多少件外套……」

喬樂曦惱羞成怒：「江蝴蝶！你給我閉嘴！」

「我說的都是事實。」

「事實也不許說！」

「哎喲，不說就不說唄，妳踢我幹嘛？我開車呢！想和我同歸於盡啊，需不需要玩這麼大啊，我們沒那麼大仇！」

「……」

到了機場，喬樂曦在出口望著通道，相對於旁邊那人的氣定神閒，她忽然有些不知所措。她不知道還能不能認出孟萊，見了面第一句話該說什麼。

周圍有很多接機的人，或多或少流露出興奮的模樣，只有她苦著一張臉。

偏偏江聖卓還東張西望地嘟囔著：「出來了嗎？妳看到了嗎？怎麼還不出來？」

喬樂曦嫌棄地把頭偏向一邊，一抬眼就看到了熟人，大腦還沒反應過來，嘴巴先叫出來了。

「白津津？」

白津津轉頭看到她也有些驚訝：「喬工！妳也來接人？」

江聖卓一直站在旁邊笑瞇瞇地看著，等兩個人不疼不癢地寒暄完畢才開口：「不幫我介紹一下？」

喬樂曦無奈，心裡罵著色狼，臉上卻扯出一抹笑：「白津津，我同事；江聖卓，我朋友。」

有江聖卓在，從來不用擔心冷場尷尬，他那一張嘴不知道騙過多少無知少女。

「名字真好聽，我常聽樂曦提起妳……」

這麼俗套虛假的開場白從他嘴裡說出來竟然一點都不讓人反感，配上他臉上禮貌謙和的微笑，怎麼看都覺得他說的是真心話。

本來機場那麼大、航班那麼多，喬樂曦也沒多想，誰知道看到孟萊從通道出來時她還沒有動作，身邊的白津津已經熱情地撲了上去，她只能怪這個世界太小了。

孟萊幾乎沒怎麼變，還是幾年前的樣子，長長的直髮，歲月幾乎沒在她的臉上留下痕跡，她似乎更會打扮了，一身白裙搭了件風衣，風姿綽約。

喬樂曦像是被釘在了地上，怎麼也邁不出那一步。

江聖卓看出了她的異樣：「怎麼了？」

喬樂曦咬了咬唇，忽然拉著江聖卓背過身去，壓低聲音問：「你覺得我比上學那時好看了嗎？」

江聖卓立刻一臉警惕：「有坑嗎？」

喬樂曦踢他一腳：「沒有！快說！」

江聖卓仔細打量了一下她的臉：「一直都挺好看的啊。」

喬樂曦沒忍住又給了他一拳：「你再敷衍！」

「嗯，我好好看看啊……」江聖卓伸手捏了捏她的臉，「上學那時候嘛，嫩得能掐出水來。」

喬樂曦臉一垮：「那現在呢……」

「現在啊……」江聖卓微微歪頭，笑著對她拋了個媚眼，「現在甜得能掐出蜜來。」

喬樂曦被他挑逗得有些臉紅，揮開他的手，揉了揉臉，輕咳一聲問：「那……有孟萊好看嗎？」

江聖卓澈底笑開了：「我什麼時候說過妳沒她好看啊？」

喬樂曦看他一眼，姑且認為他說的是真心話。她想了想，還是鼓起勇氣，既然來了，又何必臨陣退縮呢？

她轉過身，在旁邊看著孟萊和白津津擁抱尖叫完，才慢慢地走了過去。

孟萊看到了喬樂曦，便過來和她抱了一下，掛著一臉明媚的笑容做介紹：「這是白津津，她是我同校不同系的學妹；這是……」

喬樂曦真的不知道世界怎麼會那麼巧：「不用介紹了，我們認識，真巧。」

孟萊倒是很吃驚：「認識？」

喬樂曦撫了撫頭髮：「我們是同事。」

江聖卓適時上前幫她推行李，笑容適度，聲音清冽，紳士十足：「孟萊，歡迎回國。」

孟萊看到江聖卓時一臉驚喜，從那之後眼睛便一直黏在江聖卓身上。

喬樂曦冷眼旁觀，看樣子她還是一如既往地癡迷著這隻花蝴蝶啊，既然如此，當年他們又為什麼會分手呢？

感情再深、恩義再濃的朋友，只要天涯遠隔，情誼終將淡去。不是說彼此的心變了，也不是說不再當對方是朋友，只是，遠在天涯，喜怒哀樂不能共用，甚至連基本的問候都那般牽強……

多年不見的朋友，再見面，尷尬和生疏總是不可避免的。

——※——

從機場出來，江聖卓開車，喬樂曦坐在副駕駛的位子，聽著後排兩個女孩的嬉鬧聲，江聖卓偶爾還會插一兩句，而她只覺得自己是多餘的。

或許是因為她太安靜了，江聖卓看了她幾眼，從儲物盒拿出一罐薄荷糖遞給她：「怎麼無精打采的，還沒清醒？」

喬樂曦心不在焉地接過來，倒了幾顆出來後全部扔進嘴裡，冰涼辛辣的味道瞬間充斥著整個口腔和鼻腔，神經和淚腺受到強勁的刺激，眼淚一下子便湧了上來，極致清涼的感覺從喉嚨一路蔓延到心底。

喬樂曦覺得，如果她現在張嘴的話，肯定能吐出來。

江聖卓開著車一個不留神沒來得及阻攔，眼睜睜地看著她悲壯地一把塞進嘴裡，一臉扭曲，小心翼翼地問：「辣嗎？」

喬樂曦憋了好幾天的眼淚終於可以名正言順地往下流了，儘管身體已經漸漸適應了辛辣的味道，眼淚卻越流越凶。

江聖卓沒多想，一手扶著方向盤，眼睛盯著前方的路況，另一隻手伸到她嘴邊：「快吐出來！」

喬樂曦下巴一揚，一臉倔強：「我不！」

說完使勁嚼了幾下，全部咽了下去。

江聖卓無可奈何地苦笑。

白津津和孟萊聽到動靜，往前靠過來，孟萊的視線在江聖卓和喬樂曦之間來來回回，笑容僵硬，半天才收拾好表情，關切地問：「樂曦，妳怎麼了？」

喬樂曦隨便抹了兩下眼淚，揚著一張笑臉，笑嘻嘻地說：「吃糖辣到了，妳要不要？」邊說邊把糖遞到她面前。

孟萊連連搖頭：「妳知道的，我最怕辣了。」

喬樂曦愣了一下，笑起來：「對哦，我忘了。」

孟萊幾年沒回來，暫時在飯店落腳。他們先去飯店放行李，然後去吃飯。

從飯店出來後，喬樂曦便停住不走了，一臉笑容地率先開口：「萊萊，不好意思，我等一下有點事，可能不能陪妳吃飯了，妳們去吧！」

她現在連敷衍都嫌累了。

江聖卓一直以為喬樂曦是起床氣，現在才發覺她的臉色不好看：「怎麼了？不舒服嗎？我先送妳回去吧。」

喬樂曦搖頭：「不用，你們快去吃飯吧！」

說完便跑到馬路對面抬手招了輛計程車走了。

江聖卓皺眉看著快速鑽進計程車裡的身影，直到感受到孟萊的視線才回神，幾秒鐘後，他轉頭笑著說：「走吧，先去吃飯。」

# 第四章　明槍易躲，暗箭難防

喬樂曦回去後隨便煮了點麵打發了自己的胃，然後就一心一意地在書房裡畫圖。

畫到一半聽到門鈴聲，打開門一看，是關悅。

喬樂曦小心翼翼地扶著她往客廳走：「妳怎麼忽然跑來了，快進屋坐下。」

誰知關悅卻一臉不在乎：「我還有兩個月才生呢，不用那麼緊張，好像我一碰就碎似的！我和謝恒出來買嬰兒床，後來他公司有急事，正好在妳家附近，我就過來看看妳，他去忙他的了。」

喬樂曦好笑：「最近怎麼樣啊？我乾女兒還乖吧？」

關悅摸摸肚子：「在家無聊死了，謝恒還不許我幹這個、不許我幹那個！」

喬樂曦忽然想起了什麼，邊往臥室跑邊說：「妳等等我啊，我有東西給妳。」

等她拿著東西從臥室出來，客廳裡哪裡還有關悅的影子，她喊了一聲，關悅的聲音從書房傳出來。

進了書房，關悅正在看她畫了一半的圖：「怎麼想起來用手繪了？」

「無聊啊，練練手，免得太長時間不畫手生。」

關悅撫著圖紙下面的繪圖板，深吸一口氣，辛涼甘甜，香氣四溢，她笑著問：「妳這塊繪圖板可不便宜吧？」

喬樂曦恨恨地回答：「從江聖卓那裡劫來的！劫富濟貧！」

那年她生日，江聖卓不知道從哪裡弄來了這東西，得意揚揚地送到她家裡，她一摸就知道是上等沉香木，不肯收。

沒想到江聖卓當時就急了，還說什麼不就是一塊木頭，有什麼名貴的，扔下就走了，逼著她不得不收。

不過這塊繪圖板倒真是好東西，整間書房都因為它而香氣四溢，每次在書房裡幹活她都會感到神清氣爽。

說起那個名字，喬樂曦就心煩，把手裡的袋子遞給關悅，轉換話題：「那天逛街看到了，特別可愛就買了，以後我乾女兒穿上肯定漂亮！」

關悅接過來看了看，是一條粉嫩的小裙子：「自從我懷孕，妳說妳買了多少孩子的衣服？我只生一個，哪裡穿得完啊？」

喬樂曦笑瞇瞇地摸著她的肚子：「我是買給我乾女兒的，妳操什麼心啊，對吧，寶寶？」

關悅笑著接過來，沒錯過她眉宇間的鬱氣：「不高興？」

喬樂曦沒打算瞞她，低頭摩挲著畫板上的木質紋路，聲音裡透著低落：「我跟妳說過孟萊吧？她今天回來了。」

關悅一愣：「然後呢？」

喬樂曦頓了一下：「看她的樣子，似乎還喜歡江聖卓。」

關悅試探著問：「那江聖卓呢？」

喬樂曦搖頭：「我看不出來，我本來以為他還想著孟萊，但今天一看又不像。再說了，他這個人從來都是真真假假的，這些年他身邊什麼時候斷過女人，誰知道他心裡到底是怎麼想的，他是那種典型的面若桃花心深似海的人。」

關悅想了一下子：「姑娘，在這個世界上，有三種非常靈異的東西，大薩滿的鼓、老神仙的虎，還有男人心裡曾經的公主。薩滿的鼓用來捉妖，神仙的虎用來出主意，那些前朝的公主，用來培養我們的新榮辱觀。這可不是什麼好消息，妳離她遠一點啊！」

喬樂曦扶著她坐下，在喬樂曦很小的時候母親就過世了，上面又都是哥哥，有些話只能憋在心裡，後來認識了關悅，關悅大她三歲，在一些事情上看得比較全面，這些事情喬樂曦也願意和她說：「我們畢竟是朋友，我現在這樣是不是挺過分的？」

關悅一副恨鐵不成鋼的樣子：「喬樂曦，妳怎麼就想不明白呢？她這幾年連傳個訊息都沒有，現在回來了倒是知道要找妳，她是怎麼想的，妳還沒看清楚？不過是以妳為踏板接近江聖卓罷了，人家都能對妳狠心，妳又何必不忍心呢？姐姐告訴妳啊，這個時候妳可別那麼好心，不然有妳哭的時候！」

喬樂曦皺著眉：「我還沒跟妳說吧，白津津和孟萊是挺好的朋友。」

關悅還沒消化完這個資訊，就有人敲門，喬樂曦抬頭看手錶，沒心沒肺地笑：「你們家謝恒也太著急了吧，我這裡又不是龍潭虎穴，這才幾分鐘啊，就來接人了！」

邊說邊往外走，一開門，竟然是江聖卓。

喬樂曦嘴角原本掛著的笑立刻消失了，臉一垮：「怎麼是你？」

江聖卓靠在門外，西裝外套拎在手上，深藍色的襯衫解開兩顆釦子，慵懶隨意：「妳在等別人？」

關悅從書房出來，揚著手機對喬樂曦說：「謝恒在樓下等著了，我先走了啊。」

江聖卓挑著一雙桃花眼，嘴角帶笑：「好久不見啊，美女。」

關悅忍俊不禁：「見過肚子這麼大的美女嗎？」

江聖卓油嘴滑舌：「大美女懷著小美女，美上加美啊！」

關悅被他哄得眉開眼笑：「快進去坐吧，我先走了。樂曦，改天再來找妳。」

喬樂曦送她進了電梯，回到家關上門才招呼江聖卓。

江聖卓把一個包裝精美的餐盒放到桌上：「吃了沒？順便幫妳帶了妳最愛的生煎包，趁熱吃吧！」

喬樂曦看也沒看，走到沙發上坐下，語氣冷淡：「我吃過了，謝謝。」

一句謝謝讓江聖卓詫異，靠在沙發椅背上歪著身子盯著她的臉看了半天，摸著下巴得出結論：「妳今天不高興。」

喬樂曦一臉不屑地冷哼：「沒啊，我有什麼可不高興的。」

江聖卓湊得更近了：「那為什麼剛才跑得那麼快？」

喬樂曦咬了咬牙：「沒跑啊，反正我在不在也沒什麼影響，人家的心也不在我這裡，有你就行囉。對了，飯吃得怎麼樣，孟萊吃得心花怒放吧？」

江聖卓嘖嘖了兩聲：「大小姐，妳現在說話怎麼這麼刻薄啊？」

喬樂曦一聽就火了，臉上卻壓著，慢條斯理地回答：「是啊，我刻薄，你別理我啊，你去找孟萊好了。你不是還主動去接她請她吃飯嗎？這麼早回來幹嘛？」

江聖卓把外套扔到旁邊的沙發上，一翻身坐到了她旁邊：「妳今天怎麼老是和她過不去啊？去接她不也是妳讓我去的嗎？人家幾年沒回來，人生地不熟的，妳跑了，我不是要替妳招待一下嗎？我錯了嗎？」

「哼，人心隔肚皮，我怎麼知道別人是怎麼想的！」喬樂曦站起來往外推江聖卓，「你還有沒有事？沒事就快走吧！」

江聖卓顯然也惱了，深吸了幾口氣壓下火氣：「妳到底怎麼了？」

喬樂曦之前所有的偽裝突然間土崩瓦解，她對他吼了出來：「我怎麼了？我告訴你我怎麼了！我討厭她們，我不想和她們在一起吃飯，看著她們我吃不下去！我噁心！你也讓我噁心！我討厭你！」

她吼完之後，屋內忽然安靜下來。

江聖卓靜靜地看著她，嘴唇緊抿，臉部線條僵硬，眼裡夾著碎冰，然後頭也不回地走了。

喬樂曦吼完之後就後悔了，她覺得自己一定是瘋了才會說出那些話。

這麼多年她都過來了，怎麼還會這麼衝動呢。

江聖卓走的時候摔得房門震天響。

喬樂曦坐了一陣子，才站起來走到窗前，樓下江聖卓的身影僵硬決絕，開車離開時，輪胎和地面發出巨大的摩擦聲，驚起一地落葉，可見氣得不輕。

喬樂曦的那股怒火早就平息了，現在只剩下懊悔，她想打電話道歉，又拉不下臉，最後只能有氣無力地嘆了口氣。

——※——

江聖卓一路猛踩油門，不知道開到了什麼地方，踩下剎車，一拳打在方向盤上。

他打開窗戶吹了一下風，又點了一枝菸心煩氣躁地吸了幾口之後扔出窗外，開始打電話。

「出來喝酒。」

葉梓楠慢條斯理地回答：『我今晚要陪我女朋友吃飯，沒空應付你。』

江聖卓口氣不善：「靠，有女朋友了不起啊，兄弟重要還是女人重要？」

葉梓楠遲疑了一下，似乎有些為難：『你一定要讓我說嗎？』

江聖卓又點了枝菸，咬在嘴裡含糊不清地回答：「非說不可！」

葉梓楠呼了口氣，心安理得地回答：『好吧，女人。』

「你說什麼？」

『女人重要。』

「葉梓楠，你再說一遍！」

『無論說多少遍我都是這個答案，女、人、重、要！』

「姓葉的，你好樣的！你早晚死女人手裡！」

江聖卓說完狠狠地掛了電話，然後翻出另一個電話開始撥號。

單調的聲音剛響起，蕭子淵就接起來了。

江聖卓討好地問：「蕭部長，蕭人民公僕，請我喝酒吧。」

蕭子淵半天都沒說話，他那邊很安靜，有紙張翻頁的聲音，過了一陣子他才壓低聲音，簡單明瞭地拒絕了他：『在開會。』

江聖卓當機立斷地掛了電話。

換了個人繼續打。

「施總，晚上一起去 Happy 吧？」

施宸似乎是最悠閒的那個：『晚上和陳少他們約了，你一起來吧！』

江聖卓皺眉：「不去！看見他們就煩！」

施宸還在逗他：『這是怎麼了？跟被女人甩了一樣。』

施宸的嘴大概開過光，一語中的，江聖卓咬牙切齒地回答：「是被女人指著鼻子罵了！」

施宸聽了哈哈大笑：『誰敢罵你啊？罵你什麼？我能想到的唯一的可能就是罵你性騷擾？』

江聖卓氣急：「想知道嗎？今晚老地方見！我有問必答！」

施宸被他咬牙切齒的聲音嚇了一跳，想著大概是真的有什麼事，便答應下來。

掛了電話，江聖卓一看時間還早，開車回了公司。

——※——

杜喬對於這個時間出現在公司的上司表示很驚奇，但也沒表現出來。

江聖卓經過她的辦公桌時，敲敲她的桌子：「進來跟我說一下下週的安排。」

杜喬立刻拿起隨身的記錄本和幾份文件跟在江聖卓身後進了辦公室。江聖卓站在窗前，大半個城市盡收眼底，他背對著杜喬，大開著窗戶，風鑽進來吹鼓了他的襯衫。

杜喬覺得今天的江總太不正常，一時不敢出聲。

過了一陣子，江聖卓依舊背對著她，保持著剛才的姿勢開口：「說吧。」

杜喬打開記錄本開始彙報：「翔悅的陳副總打電話來想約您打高爾夫球，時間您定；飛達的沈總想和您見一面；銀行的吳行長也約好了，定在下週一早上十點；西邊那塊地的拍賣會在下週三下午兩點開始，您交代的會議已經通知各部門的主管……還有，有位姓孟的小姐打電話來找您，我說您不在，她又要您的手機號碼，我沒給……」

江聖卓吹了一陣子風，腦子裡喬樂曦的那幾句話還是沒吹散，依舊盤旋在腦海中。

她說他讓她噁心？他幹了什麼讓她說出這種話？

她莫名其妙地發脾氣，他還沒生氣呢，她竟然還嫌棄他！好像自從孟萊說要回來之後，她就開始暴躁不安……

孟萊？

江聖卓心中一動，內心深處有個答案呼之欲出，但還是被他硬生生壓下，他苦笑一聲，在心裡對自己說，江聖卓，你想得太多了。

他自認對女人的心理了若指掌，但是他所有的理論和經驗在喬樂曦的身上都行不通，真不知道她到底是不是女人。

杜喬看著上司雙手撐在寬大明亮的玻璃窗上嘆氣搖頭，不知道他有沒有聽見自己的話，輕聲叫了聲：「江總？」

江聖卓安靜了一下子，很快轉身坐到辦公桌前：「告訴陳副總，我最近很忙幫我推了不見；和沈總的見面安排在下週一下午，告訴他只有半小時的時間；拍賣會和會議資料照我上次說的準備好了傳給我；至於那位姓孟的小姐……如果她以後再打電話來都說我不在，也不要留任何聯繫方式。」

杜喬本以為自己剛才的話都要白說了，正打算重複一遍，沒想到江聖卓竟然一字不漏地聽進去了。

她記好江聖卓的吩咐後，把幾份檔案放在辦公桌上：「這裡有幾份文件需要您簽字，沒什麼事我就先出去了。」

江聖卓點頭，拿起文件皺著眉頭仔細看起來。

杜喬轉身關門的時候仔細看了看辦公桌後低頭看文件的那個人，默默地得出一個結論——今天的江總很不尋常，雖然他平時工作起來也是雷厲風行、手段非凡，但以他對生活的享受程度，斷然不會在假期出現在公司，更何況放假前他已經把該做的工作安排好了，下週的安排完全可以等假期結束了再聽她彙報。

她雖然好奇，但也知道江湖規矩，知道越多死得越快的道理，很快關上門退了出去。

——※——

下了班，江聖卓開著車出了市中心，後來棄了車又走了一陣子才看到一座四合院，在昏暗的暮色中亮著溫暖的燈。

敲了敲門，聽到腳步聲由遠及近後，又往旁邊的陰影處躲了躲。

一位老婦人來開門，江聖卓突然從旁邊跳出來，笑嘻嘻地攬上老婦人的肩：「周媽媽！」

老太太早就熟悉了他的把戲，沒被嚇到，笑著拍他一下：「你這孩子！從小就調皮搗蛋，長大了還這樣！」

江聖卓笑嘻嘻地幫她關上門，攬著她的肩膀往院裡走：「施宸來了嗎？」

周媽媽點點頭：「到了半天了，剛才還說你怎麼還不來。」

江聖卓解釋了一句就開始點菜：「路上有點塞車，周媽媽，我要吃炸鮮奶！」

周媽媽笑著應下來，然後一臉奇怪地問他：「炸鮮奶不是樂丫頭愛吃的嗎？對了，你怎麼沒把那丫頭一起帶來，我都好久沒見到她了……」

江聖卓正懊惱自己怎麼會點出炸鮮奶這道菜，皺眉：「人家千金大小姐哪裡稀罕和我玩啊，不知道去哪裡了！」

周媽媽笑了一下：「又鬧彆扭了？你們啊，從小就吵吵鬧鬧的，沒事，那丫頭啊，心大著呢，過兩天就不氣了！快進去吧，我去幫你們做好吃的，今天剛釣上來的魚，很新鮮呢！」

江聖卓推開門進去，意外地看到另外兩個人和施宸坐在一起喝茶聊天。

他走過去坐下，斜睨了一眼旁邊的葉梓楠：「喲，這麼快就被女人甩了？」

葉梓楠絲毫不在意他的毒舌，笑得志得意滿：「你是嫉妒我吧！」

江聖卓又白了一眼右邊的蕭子淵：「喲，這不是蕭大部長嗎？怎麼，為人民服務完了，想起我了？」

蕭子淵本就是沉穩內斂的性子，在政壇裡待了兩年，積威頗深，沉下臉來相當唬得住人，一個眼神過去，江聖卓就安靜了。

施宸在旁邊抱著茶杯邊喝邊笑，江聖卓白了他一眼。

施宸一臉幸災樂禍：「說說吧，江少，您今天是在哪裡受了氣了？」

江聖卓不說話，拿起桌上的酒倒了滿滿一杯，皺著眉灌下去。

葉梓楠屈起食指，輕輕地叩著桌面：「欸，這可是特供啊，看著你這麼牛飲，我都心疼！」

江聖卓不樂意了：「我就奇怪了，葉梓楠，你最近老針對我幹什麼呀？我不就是上次和你們家宿琦鬥了兩句嘴嗎，你至於這麼護短嗎？」

葉梓楠幫他倒了杯茶，涼涼地開口：「你記得就好，我一向護短。」

江聖卓不知道想到了什麼，忽然問了一句：「你們看我，噁心嗎？」

三個人你看看我，我看看你，最後一起看向江聖卓猛點頭。

江聖卓急了：「嘖，跟你們說正經的呢！你們怎麼回事啊？」

周媽媽端著菜盤推開半掩著的門，笑著問：「這是誰說你噁心了？」

江聖卓順手從門口接過來：「沒，我逗他們玩呢！」

周媽媽又轉身出去了：「你們慢慢玩，還有個湯，我去看看。」

江聖卓坐下後，葉梓楠上上下下地打量著他：「那話是喬家丫頭說的吧？」

江聖卓很不情願地「嗯」了一聲。

施宸插了一句：「你怎麼對她了？用強的？」

江聖卓兇神惡煞地瞪著他：「你放屁！關鍵是我什麼都沒幹啊！」

蕭子淵雙手抱胸：「你啊，身邊從沒斷過女人，左擁右抱的，人家能不覺得噁心嗎？」

江聖卓聽到這句就不服氣，瞬間就跳起來了：「我和那些女人又沒有什麼！老子還是處男呢！」

兩聲悶笑同時響起，蕭子淵故作嚴肅的臉也撐不住了，歪過頭抖動肩膀。

江聖卓有些害臊，又坐下了，嘴裡還嘀咕著：「笑什麼笑？有什麼可笑的？」

清嗓子的聲音響起，蕭子淵還是忍不住笑：「我說，你到底喜不喜歡那丫頭？」

江聖卓煩躁地揉著眉心：「你說呢！」

蕭子淵想了想：「那你去說啊！我看樂曦也不是不喜歡你，你去說了說不定有好結果。」

「我怎麼沒說過？當年的那封情書可是我親手給她的！結果呢，第二天，她當著你們的面扔回來了，上面還寫了個巨大無比的字！還有那不屑輕視的眼神！因為這事，那丫頭三個月沒理我，我還敢說嗎？」

說起往事，江聖卓義憤填膺。

葉梓楠故作想不起來的樣子：「什麼字？」

蕭子淵不知道這段往事，很是配合地猜了一猜：「呸？」

施宸搖搖手指，微笑著字正腔圓地答道：「滾！」

三個人又笑，江聖卓沒忍住又跳起來：「你們就是來看我笑話的吧？有沒有一點同情心啊？」

那個時候他思量再三，終於遞出了那封情書。就在她家門前，他看到她笑嘻嘻地從家裡跑到他面前問他找她什麼事。

微風吹動她耳邊的柔軟碎髮，她的笑容在陽光下恣意綻放，眼睛裡的光芒讓他不敢直視卻又捨不得不看，硬生生收回目光慌慌張張地把手裡的信封塞到她手裡，紅著臉就跑開了。

他心情忐忑地等了一夜，誰知第二天下課，遠遠地看著她走過來，他的心跳加速，結果她只是惡狠狠地把那個信封摔到他身上就頭也不回地走了。

那一刻，年少的他紅著臉不知所措，那個年少輕狂、意氣風發的少年第一次知道心痛是什麼感覺。他身邊有那麼多女孩喜歡他，可他只想要她，卻是求而不得，天意弄人。

那天之後，喬樂曦一句話都沒再跟他說過，看到他就繞道走，邊走還邊瞪他，似乎有不共戴天之仇。他難過了很久，為了自己的自作多情和魯莽衝動，他以為她對他是不一樣的，原來是他想多了。

終於受不了她對他的冷暴力，他只能假裝平靜地跑到她面前，沒心沒肺地笑著說謊，說那一切都是假的，他是跟她開玩笑的，然後好聲好氣地賠不是。

他不知道她到底有沒有看信，卻不敢深問。

從那之後，那個字，他再不敢提，他只當與她無緣。他怕自己的心思會在不自覺間流露，他怕她多想，怕她會躲著自己，便開始在她身邊找女朋友，便開始幫她介紹男朋友，每次出去總會拉著別人做陪，只是為了能和她多待一下子，讓她沒有壓力。

他有意無意地試探，她半真不假地回答，一輩子有多少真心話是以開玩笑的方式說了出去。

誰能想到張揚跋扈的江聖卓也會有這麼畏首畏尾的時候？

他每次總是一臉嫌棄地揶揄她，但目光卻從未從她臉上移開過。

他想起小時候爺爺抓著他站在凳子上臨摹字帖，他一臉懵懂稚聲稚氣地問：「爺爺，『笑漸不聞聲漸悄，多情總被無情惱』，這句話是什麼意思？」

爺爺笑哈哈地把他從椅子上抱下來：「小子，等你以後有了喜歡的女孩子就知道了。」

他現在知道了，可是爺爺沒告訴他，這種感覺這麼難受。

四個人邊吃飯邊說了幾句閒話。

「聽說最近又要洗牌了？」

蕭子淵揉揉額角，一臉疲憊：「沒那麼嚴重，不過倒是連開了幾天的會。」

「有什麼大的變動嗎？」

「都是一些無關緊要的變動，重要的位子沒什麼大變，就是高新技術這塊以後由喬裕接手。」

「喬裕回來了？」

「嗯，這兩年他在南邊幹了不少實事，上面一直很關注他。」

施宸踢踢江聖卓：「樂曦她二哥回來了，你不跟她說一聲報報喜？」

江聖卓低頭猛吃：「關我屁事？」

話還沒落地，放在桌上的手機就開始震，葉梓楠看了一眼笑著對其他兩人使眼色。

江聖卓瞥了一眼，沒理。

葉梓楠調侃他：「人家給臺階了，你還不趕快就坡下驢？」

江聖卓還是沒理。

果然鈴聲只響了一遍就安靜了，沒再打過來。

江聖卓一摔筷子，也不吃了，開始悶頭喝酒。

三個人對視了幾秒鐘，俱是一臉無奈，這對歡喜冤家恐怕還有得鬧呢。

——※——

假期結束，喬樂曦無精打采地去上班，關悅正式回家待產，江聖卓也不理她了，她的生活除了工作就是無聊。

江聖卓似乎一夜之間從這個世界上消失了，以前幾乎每天他都會打個電話來，有事沒事地胡扯幾分鐘，或者發現了什麼好吃的生拉硬拽著她去嚐嚐。

他們以前也不是沒吵過，翻臉的時候，兩個人都恨不得有生之年不再往來，但第二天江聖卓又會笑瞇瞇地出現在她面前，吊兒郎當地逗她，從來沒像這次這樣，一連幾天都沒有動靜。

這次恐怕是真的生氣了。

那天晚上她本打算打電話道歉的，沒想到他竟然不接，那個號碼知道的人不多，都是親近的人，而且江聖卓鮮少有不接她電話的時候，就算當時沒聽到，也該在看到的時候回電過來啊，可是那傢伙硬是半點反應也沒有。

她知道他平日裡被身邊的那幫人眾星捧月般的模樣慣壞了，越哄越起勁，也不好覥著臉再找他，只能打算等他消了氣再說。

她剛踏進公司就看到一堆人圍在一起聊得熱火朝天，她懶洋洋地走過去問：「有什麼新鮮事啊，說給我聽聽讓我也樂一樂。」

幾個女同事滿眼紅心：「聽說今天有位新調任的部長要來我們這邊視察工作，以後主管我們這塊領域，據說家裡的背景很深，連常年不出現的二老闆都來了！」

「不止啊，好像人也長得很帥！」

幾個男同事則是一臉不屑，典型的同「性」相斥。

喬樂曦從小到大見的帥哥多了去了，對此並沒有什麼興趣，不鹹不淡地總結：「新官上任三把火嘛，燒吧！」

只要別燒到她身上，怎麼燒都行。

一上班大老闆白起雄果然召開員工大會，會上反覆強調要重視部長視察這件事，讓所有員工不要出現任何差錯。

喬樂曦進公司幾年，這種事情經歷過幾次，雖然面上認真謹慎地聽著，其實心裡根本沒怎麼當一回事。

可當她看到被眾人簇擁著走進來的那個溫潤儒雅的男人時卻笑了。她前段時間就聽江聖卓說起近期上面會洗牌會有所變動，沒想到結果是這樣。

白起雄帶著公司的高層陪著這位部長在各個部門視察，來到工程部這邊時，喬樂曦被組長推出去進行工作簡介。

白起雄看到喬樂曦，眼神不著痕跡地在新部長身上晃了一下：「這位是工程部的副組長喬樂曦。」

新部長微笑著點了點頭，和喬樂曦握了手之後主動開口：「那就麻煩喬工了。」

喬樂曦大方得體地微笑：「您客氣了。」

走了一圈之後，新部長淡淡地點頭，給予評價：「不錯。」

喬樂曦低頭道謝。

很快一群人離開轉去了別的部門，她站在走廊上看著那個修長挺拔的身影，心情愉悅。

接近中午的時候，喬樂曦接到總裁祕書的電話，讓她到頂樓休息室去一下。

喬樂曦心知肚明，到了頂樓推開門，就看到白起雄正和那位年輕有為的新部長相談甚歡。

喬樂曦恭恭敬敬地打招呼：「喬部長，白總。」

白起雄爽朗地笑起來，沒有平日裡的威嚴，一開口不像上下級，倒像是和熟稔的晚輩聊天的口氣：「樂曦啊，這裡沒外人，怎麼叫得這麼見外，快過來坐。」

喬樂曦馬上改口，甜甜地叫了聲：「白叔。」

白起雄眉開眼笑，對旁邊的男人說：「這丫頭啊，從小就嘴甜，我記得樂老爺每次都被她哄得樂呵呵的。」

旁邊的男人舉起茶杯喝了一口：「白叔見笑了，這丫頭這些年給您添了不少麻煩，您多多包涵。」

白起雄擺擺手：「哪有？你去外面問問，喬工的名頭有多響亮，有多能幹！」

兩個人又寒暄了幾句，喬樂曦微笑著坐在一旁聽著。

後來白起雄站起來：「你們也很久沒見面了，我就不打擾了，你們慢慢聊。」

那位新部長放下手裡把玩的茶杯，站起來：「白叔慢走。」

喬樂曦一直盯著白起雄的腳步，等那道門澈底關上，她立刻一蹦一跳地笑著撲過去：「二哥！」

喬裕笑著接住撲到他身上的妹妹，卻故意板著臉：「這麼大了，還這麼不穩重！」

喬樂曦站穩後拉著他坐下：「二哥，你什麼時候回來的？怎麼都不告訴我？」

喬裕一臉寵溺：「昨天剛到，開了一天的會，這不是一安頓下來就來看妳了？家都沒來得及回。」

喬樂曦眉眼彎彎，滿是期待地問：「這次是不走了嗎？」

喬裕沒搖頭也沒點頭：「暫時吧，妳也知道，這種事情不好說的。」

他還記得幾年前他去南方那座城市赴任，喬樂曦哭得一塌糊塗，拉著他怎麼都不肯放手，她的淚眼他一直記得，所以這幾年一直不敢鬆懈，有了政績才終於有機會調回來。

喬樂曦忽然沉默下來，靜靜地看了面前的男人一陣子才開口：「二哥，你專門找我來，是有事吧？」

喬裕笑笑，心裡感嘆，自己的這個妹妹是真的長大了，於是不再繞圈子：「我這次過來有兩件事情，一件公事，一件私事。」

喬樂曦挑眉，看著那張和自己有三四分相似的臉：「公事辦完了，私事呢？」

「過幾天父親生日，到時候妳回家看看。」喬裕嘆口氣，「父親年紀大了，妳別再出什麼事了。」

喬樂曦聽完突然冷了臉色，直直地盯著喬裕的眼睛：「是他讓你來說的，還是你自己想讓我回去？」

喬裕在外面呼風喚雨，可面對這個妹妹卻是半點辦法都沒有，只能沉默以對。

看到他的反應，喬樂曦就明白了，她冷笑了一聲：「哼，既然想叫我回去，他為什麼不自己來說？二哥，你回去告訴他，我、不、回、去！」

喬裕皺了皺眉：「樂曦！他畢竟是我們的父親！」

喬樂曦忽然拔高了聲音：「那又怎麼樣？二哥，我一直想不明白你為什麼要受他擺佈？大哥這樣就算了，為什麼你也會這樣？你忘了你的夢想嗎？你告訴過我你這雙手是要拿普立茲克建築獎的！」

她永遠記得，那年二哥喬裕收到國外那所以建築學聞名於世的大學的 Offer 時，興沖沖地告訴父親，可是父親冷著臉的那句「不行」打破了二哥的夢想。

她不知道父親到底對二哥說了什麼，她只知道那夜她最親愛的二哥在書房裡待了一夜。第二天他神色如常地走出來，眼裡的血絲卻無法掩蓋，那份錄取通知書則被撕得粉碎躺在紙簍裡。

她知道，那撕碎的不只是一份通知書，還是二哥再也拼不起來的夢想。她哭著撿回來，一點點地拼回去，拿著那張破碎的紙問他為什麼。

他搖了搖頭，什麼都沒說。

沒過多久，他就外調了，從此便徹底放棄了他的夢想。

也因為這件事，她對父親的恨意又加深了一分。

喬裕拍拍她的後背安撫著她：「樂曦，我們生在這樣的家庭，身上都有一份責任，不能任意妄為，不能什麼都讓大哥去扛，父親……也是為了我好。」

喬樂曦的眉眼間透著一股執拗：「二哥，我不是小孩子了，我知道自己在幹什麼，我知道什麼是對我好。」

喬裕知道她看上去乖巧懂事，可是想法極多，她心裡認定的事誰說都沒用。

他抬手看看時間：「我還有別的事，不能多待，樂曦，二哥希望那一天能在家裡看到妳。」

喬樂曦緊緊地咬著唇，堅定地搖頭。

喬裕還想說什麼，但是祕書敲門進來：「喬部長，時間差不多了。」

喬樂曦不想和許久不見的哥哥才一見面就把氣氛弄得這麼僵，立刻換上笑臉，語氣輕快地催他：「二哥，你快走吧，有時間記得請我吃飯喲！」

喬裕把手放在門把手上，想了想，還是轉過身看著她開口：「聽說，前段時間有一天晚上妳回去了，恰好爸爸出去開會不在，他回來以後聽警衛說起，特地好幾個晚上都在家裡等妳，妳卻連個電話都沒有。樂曦，媽媽已經走了很久了，爸爸他也不容易……」

喬樂曦最不願意別人提起這個話題，突然抬頭看著他，制止了他接下來的話。

喬裕看著她臉上的笑容漸漸僵住然後破碎，知道再說下去她就真的生氣了，便不再提起這事，思考著是不是換個人來說效果會更好。

他的心裡已經有了人選。

——※——

喬樂曦接到孟萊電話的時候，正趴在桌子上發呆，拿筆猛戳雜誌封面上的那張照片。

照片上的那個人難得一身正裝，中規中矩的白襯衫深色西裝，連搭配的領帶都是穩重得體的花紋和顏色，倒像是這家雜誌的一貫風格，只是不知道雜誌社用了什麼辦法讓江聖卓這麼配合。照片裡的他站在辦公室的落地窗前，目視前方，眉目異常沉靜，攝影師的角度抓得好，他看起來有一種君臨天下捨我其誰的氣勢。

這本雜誌喬樂曦以前看過幾期，能上封面的都是各個行業的精英翹楚，看來江聖卓這幾年的成績有目共睹。

她隨便翻了幾頁忽然覺得心煩，江聖卓這傢伙一連幾天都沒動靜，一想起來心裡就鬱悶，過了那麼久還在生氣真是枉為男人。不就是一時衝動說了他幾句嗎？雖然語氣不太好言辭也欠妥，但是誰還沒有脾氣啊，他還真的打算再也不理她了？

或者是他的手機壞了？不會是出了什麼意外吧？上次車禍的事情她還歷歷在目。

正想著，手機忽然響起，嚇了她一跳，條件反射地接起來。

自從那天匆匆見了一面之後，喬樂曦根本就沒再想起孟萊這個人，此刻突然接到孟萊的電話，驚訝之餘竟然有些慌亂。

孟萊要請她吃飯。

喬樂曦婉言拒絕。

孟萊在那邊溫柔而委屈地說：『可是明天是我生日啊，妳不記得了？』

喬樂曦頭疼，生日、生日，最近怎麼那麼多人要過生日？

俗話說，伸手不打笑臉人，更何況真的說起來，孟萊並沒有什麼得罪她的地方，只是她心裡的那道坎過不去，但她也不好一點面子都不給，只能答應下來，立刻道歉：「不好意思啊，我最近太忙了，明天我一定到。」

掛了電話她又開始苦惱，什麼禮物都沒準備，明天怎麼好意思空著手去？

既然要準備禮物，那送什麼好呢？她現在和孟萊半生不熟的，實在想不出送什麼合適。

下了班去商場逛了一圈，匆匆選了一對耳墜打算明天送出去，這種沒什麼新意的禮物一看就沒怎麼用心。喬樂曦雖不滿意但也只能這樣了，送女孩子首飾作為禮物，總不會出錯吧？她現在對孟萊的態度只有八個字——不求有功但求無過。

——※——

第二天晚上，喬樂曦準時出現在約好的地方，推開包廂門看到裡面滿滿的一屋子人和喧鬧的場面，她一時有些反應不過來。

與其說是生日會，倒不如說是高中同學聚會，大多都是熟面孔。

喬樂曦心裡嘀咕，看來關悅說得沒錯，這幾年恐怕孟萊一直和以前的同學保持著聯繫，唯獨不聯繫她。

這麼好的機會，孟萊當然不會漏掉江聖卓。

於是喬樂曦一踏進門就看到了江聖卓，他正懶洋洋地和身邊的人說笑，眼底透著一股敷衍，看到她進門，他不鹹不淡地抬頭掃了她一眼，很快就把視線移開了。

雖然喬樂曦一直對孟萊保持著不冷不熱的態度，但孟萊似乎絲毫沒有察覺，對她依舊很熱情，盛裝打扮的她看到喬樂曦進來便招呼她坐到身邊。

江聖卓坐在孟萊的左邊，喬樂曦坐在孟萊的右邊，而喬樂曦右邊則是白津津，對於這種座位的排列，她如坐針氈，怎麼看怎麼覺得彆扭。

喬樂曦覺得自己真是越活越回去了，他們三個一直是這種排列順序，怎麼以前她尚能欣然接受，現在就半分鐘都受不了了呢。

不過，孟萊似乎也不好受。

江聖卓左邊坐著一個他帶來的美女，不知道他是有意還是無意的，那個女孩恰好和孟萊屬於同一個類型的美女，都是一樣的溫婉矜持，而且兩人眉來眼去的眼神互動很頻繁，相反的，他對今天的壽星孟萊似乎沒什麼熱情。

眾人皆知江聖卓和孟萊的這段往事，孟萊在邀請江聖卓的時候，也沒想到他會帶別的女人出現。

現在他這麼堂而皇之地和身邊的女人卿卿我我，在眾人看來，孟萊這個前任不免有些尷尬。這麼一想，喬樂曦似乎也沒那麼難受了，她覺得自己真是有病，受得了江聖卓和別的女人在一起，卻受不了他和孟萊在一起，這到底是什麼心態？

她和坐在一桌的幾個同學打了招呼之後便不再開口，左邊的孟萊的注意力一直在江聖卓身上，右邊的白津津一向不是她的菜，她也懶得費神應付。

喬樂曦坐了一陣子喝了一杯飲料之後才猛然想起來自己還沒送禮物，慌忙地從包裡拿出包裝精緻的小盒子放到孟萊的面前：「生日快樂！」

孟萊笑著握住喬樂曦的手：「謝謝！」

或許是周圍人的太無聊了，便起鬨讓孟萊打開看看：「快拆開看看，我們的禮物都看過了！」

孟萊轉頭看著喬樂曦：「可以嗎？」

喬樂曦也不在意：「隨便！」

孟萊笑著慢慢拆開包裝紙，卻在看到耳墜的瞬間僵住，臉上的笑容掛不住了。

喬樂曦探身湊過去一看，沒發現任何不妥的地方，但看孟萊的反應實在是異常，她便試探著問：「怎麼了？不喜歡？」

眾人也湊上來看，卻在下一秒轟的一聲炸開，笑聲、起鬨聲一時間充斥著整間包廂。

喬樂曦搞不清楚現在是什麼狀況，下意識地看向江聖卓尋求幫助。

兩人的視線在空中相遇，江聖卓似笑非笑地看著她，眼底卻慢慢浮起幾分笑意和無奈，然後便垂著頭不再看她。

喬樂曦看著眾人，勉強笑著問：「到底怎麼了？」

坐在喬樂曦對面的一個人笑著解答：「剛才我們閒著沒事就讓孟萊一個個拆了禮物，妳知道嗎，妳送的禮物和江聖卓送的一模一樣！妳們是商量好的吧，買禮物都買一樣的！太不像話了！」

「不可能！」喬樂曦不信，她知道江聖卓這些年送給身邊女人的禮物向來都是特殊的、唯一一份的，更何況他有個能幹的祕書，挑禮物這種工作也不用他操心，絕不會出現這種情況。

「不信？孟萊，妳快拿出來給樂曦看看，讓她死心！哈哈……」

眾人依舊笑鬧著，本來這種撞禮物的事情並沒有什麼大不了的，可喬樂曦看著孟萊的臉色越來越難看，心裡猛然咯噔了一下。

當孟萊把江聖卓的禮物拿出來後，喬樂曦看著兩份一模一樣的禮物，只能尷尬地笑笑。她沒想到江聖卓真的比她還不用心，竟然挑了這麼一個禮物打發孟萊，怎麼會那麼巧呢？

她看著孟萊，臉上的笑意有些勉強，伸過手去想把耳墜拿回來：「不好意思啊，我真的不知道會這樣。這樣吧，這個就算了，我明天重新買了送妳！」

孟萊的臉色有些蒼白，死死地盯著手裡的兩份耳墜，突然推開喬樂曦的手，聲音尖銳地開口，連音調都變了：「不用了！」

包廂裡忽然靜下來，大家都看向孟萊。

喬樂曦被孟萊的反應嚇了一跳，在她的印象裡，孟萊從沒有這樣暴躁地發過脾氣、這樣大聲地說過話。

江聖卓的餘光掃過孟萊使勁推開喬樂曦的動作，一直掛在臉上的那抹漫不經心的笑容收了幾分，淡淡地解釋：「這禮物本就是樂曦看中的，我最近太忙，一直也沒挑中合適的禮物，便想著先和樂曦送一份，改天再補上，可能剛才我沒說清楚，也沒想到她又買了一份，讓妳誤會了。」

眾人都知道江聖卓和喬樂曦自小一起長大，早就把他們看成親兄妹，這種解釋也合情合理，更何況江聖卓做事一向劍走偏鋒不走尋常路，他的話也讓人信服。

孟萊也意識到了自己的失態，迅速收拾好表情，眼淚卻在眼眶裡打轉，她紅著眼睛對江聖卓說：「禮物就算了，你能來我就很開心了。」然後又一臉寬容大方地對喬樂曦說：「妳怎麼不早說，害我誤會了，其實也沒什麼，心意到了就好，兩份我都喜歡。」

喬樂曦看著孟萊強顏歡笑地招呼眾人吃菜，心裡很不是滋味。

她沒想過在孟萊生日的時候讓她不高興。

她的視線越過孟萊看向江聖卓，江聖卓說謊說得鎮定自若，自始至終都沒看她一眼，此刻嘴角又掛起淺笑，好似一切都是事實。

喬樂曦感覺到不對勁，微微轉頭，對上右邊一直盯著她的視線。

那雙眼睛裡帶著敵意，喬樂曦微微揚起下巴，不甘示弱地對視回去。

當一個人不喜歡另外一個人時，她也不能指望那個人的閨密能對她有什麼好感。

喬樂曦在心裡嘆了一口氣，如果說之前她和白津津只是不相往來的話，那現在看來兩個人的梁子算是澈底結下了。

眾人為了緩解尷尬便開始找話題，氣氛很快又熱起來。

那種如坐針氈的感覺又回來了，喬樂曦只能尿遁，說了一聲去洗手間便逃出去了。

她現在很後悔，早知道會這樣還不如當時狠下心拒絕孟萊，或者臉皮再厚一點空著手來就好了！

喬樂曦在洗手間洗了幾遍手，覺得再不回去不好才出來，走到走廊轉角處，恰好看到幾步之外，江聖卓正和剛才那個女人說著什麼，那女人點點頭穿上大衣便離開了。

江聖卓也很快轉過身，目視前方地往前走，一點都沒有停頓，彷彿真的沒有看到她。

喬樂曦的心怦怦直跳，在他經過的時候伸手抓住了他的袖子，一臉愧疚地問：「你還在生氣啊？」

江聖卓忽然笑起來，聲音低沉清冽：「喲，這不是喬大小姐嗎？這麼巧，您可千萬別碰我，免得噁心到您就不好了。」邊說邊抽回衣袖看著她。

喬樂曦皺著眉抬起頭，這才看出來他好像喝了不少，那雙桃花眼越發嫵媚多情，漆黑的眼眸蒙上層層水霧，竟然讓人不敢直視，怕掉進那滿潭的春色裡。

她很快低下頭，想起剛才他替她扛下所有，小聲地嘟囔，兩隻手又不自覺地纏上江聖卓的衣袖，乖乖認錯：「對不起，我錯了，你別再生氣了嘛……」

江聖卓看著她的小動作，晶瑩白皙的指尖繞上他的袖口，一圈一圈地纏繞，他心裡忽然軟了下來，卻硬著聲音問：「真的知道錯了？」

喬樂曦聽出了轉機，看著他猛地點頭：「知道了！」

「以後還敢不敢再吼我？」

「不敢了不敢了。」

「我還讓不讓妳噁心？」

「沒，你一直都沒讓我噁心，是我噁心。」

「明天包餃子給我吃？」

「行！」

「後天陪我去買衣服？」

「好的！」

「過兩天妳爸生日和我一起去？」

「沒問題！」

喬樂曦答應之後才反應過來，鬆開手抬頭看他。

江聖卓臉上掛著壞笑：「怎麼，反悔了？」

喬樂曦緊鎖眉頭，她當然不會反悔，她自認是那種別人對她好，她就恨不得把心掏給人家的人，但是……

「我二哥找過你了？」

江聖卓大大方方地承認：「是啊。」

喬樂曦可憐兮兮地看著他，試圖喚起他的同情心：「能不能不去？」

可惜江聖卓看透了她這一套，歪著頭挑眉反問：「妳說呢？」

喬樂曦信誓旦旦地保證：「我真的不想去，除了這個，你讓我幹什麼都行！」

江聖卓攬上她的肩，微微用力把她轉了一百八十度，推著她往前走：「去吧，到時候我陪妳一起回去。」

喬樂曦試圖利誘：「真的不能不去嗎？我包一個星期的餃子給你？」

江聖卓不為所動。

「江聖卓！你再逼我，我就告訴你爸你又買了一輛特別騷包的車整天招搖過市！」喬樂曦看到利誘不行便改成威脅。

這下換江聖卓緊鎖眉頭了，眼底也露出恐慌：「妳怎麼知道我買車了？這事我誰都沒說啊。」

喬樂曦眨眨眼睛：「我胡說的，你真的買了啊？那就更好了！」

她奸笑兩聲，等著江聖卓跪地求饒。

誰知江聖卓停下腳步，指尖摩挲著下巴，收起剛才的驚恐，氣定神閒地看著她，慢悠悠地開口：「真不愧是兄妹啊，威脅人的表情都一模一樣，不過妳二哥比妳狠一點，相比之下，我還是比較怕他。」說完就推著喬樂曦繼續走。

喬樂曦苦著臉：「江聖卓，我不要回去啊……」

江聖卓摸摸她的腦袋，輕聲細語，就像在哄無理取鬧的小孩子：「乖……聽哥哥的話，哥哥買糖給妳吃……」

喬樂曦和江聖卓回到包廂，一群人已經吃飽喝足，紅光滿面地圍成幾堆聊天，佔據了包廂的各個角落。

兩個人一前一後進門，然後極默契地加入兩個小團體，很快打成一片。

喬樂曦正和幾個女同學聊得開心，孟萊忽然開口：「樂曦，妳陪我去一下洗手間吧。」

喬樂曦心裡覺得奇怪，白津津就坐在她旁邊，孟萊怎麼不叫她反而叫自己陪她去呢？但她還是站起來：「好啊。」

她們走了幾步，白津津忽然在身後喊：「等等我，我也要去。」

這間包廂被屏風隔成兩部分，其他人都在另一半邊聊天，當她們繞過屏風快走到門口的時候，喬樂曦感覺身後有人猛力推了自己一下，她站不穩，本能地尋找著力點，雙手扶上離得最近的孟萊的肩。

她也沒覺得自己用了多大的力氣，沒想到孟萊竟被她帶得也往左前方倒去，頭撞上玻璃酒櫃，玻璃破碎的聲音瞬間響起。

喬樂曦還沒反應過來就被白津津用力從後面拉了一把推到另一邊，嘴裡還大聲吼著：「妳幹什麼啊？」

這下喬樂曦沒了著力點也摔到地上，手臂擦過矮桌的玻璃板邊角，後腦勺撞到牆上，她眼冒金星，隔了一下子才重新看清眼前的情況。

孟萊的額角在流血，雖然不多，但配上她蒼白的臉色看起來很觸目驚心，屏風那邊的人聽到聲響很快圍過來。

白津津開始自說自話：「喬樂曦，妳至於嗎？剛才萊萊不過是說了妳一句，妳就下這麼重的手啊！」

喬樂曦一臉莫名其妙，剛想說什麼就感覺到有人要扶她起來，一抬頭看到江聖卓的臉，她順勢站了起來。

她皺著眉看向白津津：「妳胡說什麼啊？」

白津津和其他幾個人把孟萊扶到沙發上坐下，又開始吼：「我怎麼胡說了？大家都看到了，明明是妳故意把孟萊推倒的！妳真夠毒的，這裡都是玻璃，妳想讓萊萊毀容嗎？」

喬樂曦轉頭看著其他人，眾人都喝多了，本就沒看到這邊的情況，也不好憑空替喬樂曦說話。更何況，他們都明白，女人之間的事情越摻和越複雜。

喬樂曦又看向孟萊，她低著頭拿著一塊手絹捂著額頭，始終沒看喬樂曦，也沒說話。

喬樂曦忽然想明白剛才那一下是誰推的了，原來這一切都是她設計好的，但現在說什麼都沒用了，她只能冷笑。

周圍的人竊竊私語，喬樂曦終於明白什麼叫欲加之罪了。

包廂裡鬧得動靜不小，很快經理就趕了過來，身後還跟著幾個服務生，拿著藥箱和清水。

經理是認得江聖卓的，一聽說他在的包廂鬧起來了，立刻就趕過來了，撥開幾個人硬著頭皮湊到江聖卓身邊：「江少，您沒事吧？」

江聖卓雙手抱在胸前，漫不經心地擺擺手。

白津津忽然換了對象，對江聖卓說：「江總，麻煩你過來幫萊萊止止血吧！」

江聖卓站在喬樂曦身邊，半天沒動，過了許久才輕飄飄地吐出一句話：「我一個大老爺們，這活可真幹不來，我看妳還是找別人吧，我手重怕會越止血流得越多。」

兩個女服務生走過去幫孟萊止血，白津津站在包廂中央，一臉的憤憤不平：「江總，你看到了嗎，你身邊的朋友就是這種人！萊萊對她這麼好，剛才已經不和她計較了，誰知她不領情竟然還動手推人！」

喬樂曦看著白津津自導自演的一齣戲，聽著她血口噴人，氣得渾身發抖，一句話都不願和這種人說。

江聖卓聽了幾句之後就歪頭往喬樂曦這邊看過來，神色看上去有些嚴肅。

喬樂曦覺得自己真是比竇娥還冤，她以為江聖卓信了白津津的話，一時慌了。

剛才她摔到地上的時候沒有慌，聽到白津津污蔑她的時候沒有慌，眾人竊竊私語沒人替她說話的時候沒有慌，但是他的一個眼神卻讓她心亂如麻。

她皺著眉和他對視，聲音顫抖：「我不是故意的，是她先推我的！江聖卓，你如果敢懷疑我半分，這輩子都不要指望我原諒你！」

江聖卓略一揚眉，忽然笑了，頭頂上的水晶吊燈折射出的光芒似乎全都落進了他那雙細長的桃花眼裡，璀璨動人。他摸摸喬樂曦的頭安撫著，嫌棄地拿眼倪她：「妳嚷嚷什麼，手不疼啊？走，過去，我幫妳處理一下。」

喬樂曦這才發現自己手臂上也出血了，怪不得他沉著嘴角一直盯著自己的手臂看。

旁邊自然有人遞消毒水和紗布，江聖卓邊幫她包紮邊訓她。

「才剛說完不再吼我，還不到半小時呢！女人是不是都這樣，說翻臉就翻臉？」

喬樂曦緊張地盯著自己的手，傷口碰到消毒水，火辣辣地疼，她下意識地躲了一下，咬著下唇不吭聲。

江聖卓嘴上惡狠狠的，手上的動作卻很輕很溫柔，旁邊那麼多人看著，他竟然就這麼堂而皇之地湊近了她，壓低聲音開口：「妳看看妳，說妳傻吧，從小就只知道陷害我，插根尾巴就是猴精；說妳聰明吧，還這麼容易就被別人算計了，妳以為白津津是省油的燈啊？妳要是普通人家的孩子就算了，爾虞我詐這種事情從小到大，妳聽說的、看見的還少了？別人挖了個坑，一招呼妳就傻乎乎地往裡跳！」

喬樂曦是真的沒想到白津津會來這一手，她不知道是白津津自己的主意，還是孟萊策劃的。如果是前者那還好說，如果是後者的話……

「行了，好了。」江聖卓抬著她的手臂來來回回動了幾下，「應該沒傷到骨頭，別碰水，過幾天就好了。」

喬樂曦回神看到江聖卓已經處理好了傷口，有些驚奇：「你學過的吧？包紮得真漂亮。」

江聖卓一臉得意，笑意盎然：「這還要學？小爺我天賦異稟。」

喬樂曦撇撇嘴：「切，誇你兩句，你還真以為自己了不起了！」

江聖卓向來不在乎別人的眼光，就算在這種劍拔弩張的情況下依舊可以談笑風生，逗著喬樂曦笑。

白津津看著才一下子工夫那兩個人就在那裡有說有笑了，再一看孟萊一臉的失魂落魄，清了一下嗓子：「江總，你說這事該怎麼處理？」

江聖卓才想起這個人，滿臉疑惑：「處理？處理什麼？」

白津津咬牙切齒地瞪著喬樂曦：「喬樂曦她故意傷人！」

江聖卓看著白津津，又掃了一眼角落裡的孟萊，笑了出來，勾唇彎眉間妖氣流轉，只是眼底有些東西不一樣了。

他的笑容看得所有人心裡發毛，不是年少時陽光帥氣的大笑，不是剛才酒桌上玩世不恭的淺笑，眾人這才醒悟，這幾年下來，江聖卓是真的不一樣了。

喬樂曦看著他，心裡有種預感，江妖孽這是要變身的前兆。

他懶懶地靠進沙發裡，雙腿交疊，唇角始終掛著笑容，心情極好地建議：「故意傷人？這罪名可不小啊。照妳的意思，是不是我們先報警，讓警察叔叔來取取證錄個口供什麼的，然後我們一起去派出所待一個晚上，以此慶祝孟萊生日快樂？」

江聖卓半真不假的幾句話讓白津津的臉都綠了，他的笑容加深慢條斯理地說：「姓白的，我呢，是一直看在白家的面子上才沒難為妳，妳呢，最好回去問問妳的爸爸、爺爺，問問他們喬樂曦是誰，問問他們，妳惹不惹得起她。我身邊的人，不是隨便什麼貓狗都能說的。」

白津津的臉立刻白了，像新刷過的牆，沒有一絲血色，比她的臉色更難看的是坐在一旁一直沉默著的孟萊。

喬樂曦知道江聖卓是真的生氣了。他不會輕易在外人面前生氣，別人看到的都是他吊兒郎當的一面，其實他如果真的生起氣來，很可怕。

他越是生氣就笑得越明顯，不是那種肆無忌憚的笑，也不是平日裡那種不正經的調笑，而是那種很用力、很溫柔的笑。

用力、溫柔，本是矛盾的，可是他卻把兩者完美地結合在一起，讓人不寒而慄。

說完江聖卓旁若無人地站起身拉了喬樂曦一把：「戲也看過了，我們走吧。」

喬樂曦被他拉著往外走，經過孟萊時，本想偷偷看她一眼，誰知江聖卓卻忽然拉著她加快了腳步，大半個身體遮住她的視線。

更為詭異的是，從頭到尾江聖卓竟然一個字都沒和孟萊說過。

從包廂出來，喬樂曦用沒受傷的那隻手硬拉住他，小心翼翼地問：「你生氣了？」

江聖卓眼底的寒意早已散去，又變成了那個小肚雞腸的紈絝子弟，笑嘻嘻地逗她，一副欠扁的模樣：「生氣幹嘛？我高興還來不及呢，看吧，誰叫妳前幾天欺負我，現在掛彩了吧？」

喬樂曦很是鄙視地看了他一眼，然後才擔憂地問：「孟萊沒事吧？我看她流了好多血，要不要送她去醫院啊？」

「幹嘛？」江聖卓瞪她，「都這樣了妳還想著和她姐妹情深呢，妳瘋了吧？」

喬樂曦一臉不自在，揪了揪額前的碎發：「不是，我是怕她萬一有個三長兩短，我會不會進去蹲幾年啊？」

江聖卓一副恨鐵不成鋼的表情：「巧樂茲，仗勢欺人這招妳怎麼老是學不會呢？難道我沒教過妳嗎？妳怎麼老是不記得妳姓喬呢？別說妳不是故意的，就算妳是故意的，誰還能拿妳怎麼樣？」

說完他看著走廊牆壁上的花紋，換上一臉淒涼，唉聲嘆氣：「唉，人和人就是不能比啊，別人流兩滴血妳就心軟了，妳說妳對我的那股狠勁去哪裡了？我記得我六歲那年被妳從牆頭上推下來……」

喬樂曦看這情形就知道江聖卓又要開始翻舊賬了，便誇張地叫起來：「哎喲，我的手好疼……」

江聖卓挑著眉看她，喬樂曦偷看他一眼繼續半真不假地「哎喲哎喲」。

最後江聖卓扶著她：「行了，別叫了，走了。」

上了車，江聖卓大半個身子靠過來幫她繫安全帶，喬樂曦聞著他身上清冽的氣息，忽然想起來：「你不是喝酒了嗎？不能開車。」

江聖卓坐直後直接啟動，看都不看她：「我不能開，難道妳這個殘疾人士開？」

「我怎麼是殘疾人士？我只是手臂擦傷了而已！」

「那妳上次還說我半身不遂呢！」

「你那就是半身不遂！」

「那妳現在就是傷殘人士！妳現在這模樣，坐公車別人都要讓座給妳！」

喬樂曦一反常態地沒有反擊，突然安靜下來。她知道江聖卓是故意引她和他鬥嘴的，她每次不高興就會悶著不說話，而江聖卓每次都無所不用其極地逼著她說話。

最後在喬樂曦的堅持下，江聖卓還是叫了代駕，兩人坐到了後座。

從車子上路之後，喬樂曦就沒怎麼說過話，江聖卓輕輕碰碰她：「在想什麼？」

喬樂曦把腦袋靠在車窗玻璃上，看著窗外：「唉，你說，就算是送了一樣的禮物，孟萊也不該那麼生氣啊？她到底怎麼了？」

江聖卓看她一眼，孟萊的心思他倒是清楚，不過他卻不知道該怎麼解釋給她聽。

喬樂曦安靜了一陣子，忽然又氣急敗壞地跳起來，瞪著江聖卓，像隻炸了毛的小野貓，隨時會伸出爪子撓他。

「還有你！為什麼我們買的禮物是一樣的？」

對於這件事情，江聖卓實在給不出答案。

孟萊的生日禮物他確實是早就讓杜喬準備好了，可到出門時卻變了主意。

杜喬推門進來想告訴江聖卓趙小姐已經到了，在停車場等他，但她一進來就看到江聖卓伸直雙腿翹在辦公桌上，懶懶地靠在座椅裡，單手把玩著一個深藍色的絲絨盒，一開一闔間眼底暗波湧動。

她站在桌前一時摸不清上司的心思，幾天前他讓她準備一份生日禮物，她按照慣例問了一下性別和關係。

江聖卓絲毫沒有不自在，極不正經地曖昧回答：「很多年前算不上女朋友的一個女性朋友。」

杜喬明顯被噎了一下，江聖卓似乎很滿意她的反應，也沒再多說什麼。

杜喬自認在挑選這個禮物時很慎重、很仔細，不曖昧也不失禮，但是看他的樣子，似乎是……不太滿意？

她鼓起勇氣開口：「江總，如果您不滿意，我再重新準備一份？」

江聖卓不答反問：「妳說，一個女人每次看到另外一個女人就無端地炸毛，是因為什麼？」

杜喬腹誹，您這種萬花叢中過的人不清楚嗎，還問我？這明顯是吃醋啊！

但是杜喬自然不敢這麼直白地說出來：「這個嘛，原因有很多……」

「嗯，確實有很多，不一定是我想的那種。」江聖卓忽然打斷她開始自說自話，說完後站起來把手裡的盒子拋給杜喬，「喏，送妳了。」

留下杜喬一臉錯愕地愣在原地。

「對了，妳剛才說趙小姐到了，是吧？」

杜喬還沒搞清楚眼前的狀況，傻傻地點頭。

他開著車在路上看到一家商場便停下車，女伴好奇。

江聖卓笑著解釋：「忘了買禮物了。」

那個女伴雖長了一張世家名媛的臉，卻也是紅塵裡的玩家，嬌滴滴地戲謔：「不是說是個女孩子嗎？怎麼江少臨時才想著去買禮物，有失您溫柔體貼討女人歡心的水準啊。」

江聖卓邊推門下車邊淡淡地笑：「是嗎？」

隨便進了家珠寶專櫃，店員小姐笑著開始詢問介紹，一開口就被江聖卓打斷：「別說話，我趕時間。」

說著他極快地掃了一眼，隨手指了一款耳墜讓她包起來。

當時店員小姐笑得像朵含苞待放的花，假惺惺地誇他：「先生眼光真好，這款耳墜我們店裡就只有兩副，其中一副昨天剛賣出去，當時那位小姐一眼就看上了。」

江聖卓沒在意，以為她只是在奉承，現在看來，他口中的那位小姐極有可能是喬樂曦。

他也沒想到會那麼巧。

當他看到喬樂曦推門進來的時候，心裡確實還在生她的氣，可當他看到她送出的禮物竟然和自己送的一模一樣時，不自覺地笑出來，再看到她睜著無辜的大眼睛不知所措地望著自己，他的心哪裡還硬得起來，只能無奈地苦笑。

這算是緣分嗎？

江聖卓看著前方半真不假地回答：「我們心有靈犀啊！」

喬樂曦雖然為他這句話心跳加速，臉上卻極其嫌棄，順便白了他一眼。

# 第五章　春風得意

剛到家，喬樂曦就吵著要洗澡，江聖卓不許。

「我的頭髮上都是菸味和酒味，你聞聞！臭死了！」

江聖卓看著她用那隻沒受傷的手抓著髮尾湊到鼻間，然後又皺著眉鬆手，對著他大叫。

江聖卓伸手挑起一撮長髮，柔軟順滑，放在鼻間，癢癢的，連帶著他的心都開始發癢。是有股菸酒味，還有那股掩蓋不住的香氣。

喬樂曦本就是為了誇張才故意那麼說的，誰知江聖卓就真的湊上來用手指纏著她的頭髮，低頭輕輕地嗅，臉上還帶著淺笑，或許是燈光的原因，眼角眉梢都是溫情，連帶著整個側臉都柔和了下來。

她忽然發覺眼前這個男人不知道從什麼時候開始，已經從當年那個青澀少年成長為一個真正的男人了。他們打打鬧鬧的情景似乎還是在昨天，今天他們就已長大成人。

她紅了臉，急急抽回自己的頭髮。

「好了，我不洗了！」她有些生氣。

江聖卓卻讓步了：「妳的手臂不能沾水，實在不舒服就洗洗頭髮吧！」

喬樂曦皺眉，也只能這樣了。

她去臥室換了居家服出來，進了浴室，坐在浴缸邊緣，拿著蓮蓬頭費力地沖著頭髮。

江聖卓脫了外套進來，邊挽著衣袖邊問：「要不要幫忙啊？」

喬樂曦因為左手不習慣，弄得滿臉都是水，眼睛都睜不開了，模糊不清地回答：「廢話！」

江聖卓環視著浴室，搬了把椅子放在浴缸旁邊坐下，接過喬樂曦手裡的蓮蓬頭：「妳，去浴缸裡坐著。」

喬樂曦乖乖地坐進浴缸，江聖卓從後面扶著喬樂曦往後仰倒，頭伸到浴缸外沿，他又拿了條浴巾疊成厚厚的小枕頭墊在她的脖子下。

她的長髮纏繞著他的十指，細膩的泡沫、順滑的手感、淡淡的香氣，江聖卓手上的動作不自覺地溫柔下來，邊洗邊輕輕按摩著她的頭皮，喬樂曦閉著眼睛一臉享受，還不忘誇獎江聖卓。

「江蝴蝶，我現在才明白為什麼那麼多女人喜歡你，原來你不只長得好看，手藝也好，被你伺候的女人真是幸福啊！」

江聖卓皺眉，極不情願地開口：「這麼多年真是難得聽妳誇我一句，結果還不是什麼好話。」

他不經意抬眼，視線就順著她微微敞開的領口看了進去。

因為她躺著他坐著，他的視野特別好，幾乎是一覽無餘。

他忽然覺得有些熱，強迫著自己轉開視線，手下不知不覺就用了力。

喬樂曦仍不自知，竊笑著：「怎麼就不是好話了呢，是好話啊，真的！哎喲，你輕點……」

江聖卓嚇了一跳，慢慢撫上去，發現她的後腦勺上有個腫起來的包，他的臉色忽然冷了：「剛才撞的？怎麼不說呢？疼不疼？」

喬樂曦正舒服著呢，也沒聽出他的異常，嗓子裡發出舒服的嘆息聲：「不碰就不疼，沒事，過兩天就好了。欸，你快接著按啊！」

江聖卓嘆了口氣又按摩了幾分鐘，便沖了泡沫，拿了乾毛巾給她擦頭髮，最後兩個人轉到沙發上，江聖卓拿著吹風機幫她吹頭髮。

吹風機嗡嗡的聲音裡混雜著江聖卓不怎麼高興的聲音。

「妳整天笑嘻嘻地橫衝直撞，像個天不怕地不怕的小坦克，心思比誰都多，怎麼最近老是出狀況呢？不是發脾氣就是反應遲鈍，總不在狀態，到底怎麼了？」

喬樂曦的頭髮被吹得亂七八糟，像個小瘋子，她撇撇嘴小聲嘀咕著：「為什麼為什麼？還不是因為你？誰知道你和她還會不會再續前緣！」

吹風機的聲音有些大，江聖卓沒聽清楚，關了吹風機問：「妳說什麼？」

喬樂曦搖搖頭，一臉沮喪：「沒什麼，繼續吹吧。」

嗡嗡聲再次響起，喬樂曦的思緒卻飄遠了。

她永遠記得江聖卓和孟萊分手的那個夜晚，寒風徹骨，她的心都被吹涼了。

她不知道江聖卓心裡到底是怎麼想的，看不明白他的態度，就算今晚他對孟萊並不那麼熱情甚至還有些反感，但誰又知道他是不是對幾年前的分手耿耿於懷，從而故意冷落孟萊呢？他是不是還心繫孟萊？因為愛所以懷恨？

喬樂曦不想承認她對孟萊還有一絲感情——畢竟她們一起走過人生最美好的那段時光，她們情同姐妹，她是用心付出過感情的，孟萊又有什麼錯呢？現在的一切都是因為她心態不端正，不到萬不得已，她不忍心和孟萊撕破臉。

但她也不得不承認，江聖卓也是影響她的很大一部分因素。

因為顧忌，所以搖擺不定；因為顧忌，所以隱忍；因為顧忌，所以狀況不斷。

她發誓，如果今天是白津津算計她，她肯定會毫不猶豫地一腳踢飛她，但是有了孟萊，她卻忽然猶豫了。

——※——

江聖卓從喬樂曦家裡出來後，臉上的笑容立刻就消失殆盡了，他面無表情地開車回家，心裡卻開始盤算著什麼。

當天晚上江聖卓回了江宅，在客廳裡等著等著就睡著了。

深秋時節的夜晚，寒意已濃，江聖謙從車內走出來，外套疊得整整齊齊地放在手臂上，微涼的風肆意吹過，吹散了幾分倦意，祕書過來幫他關上車門。

江聖謙交代了幾句才轉身往家走。

恍惚間感覺到有人往自己的身上蓋了件衣服，江聖卓睜開眼睛就看到眼前的人，立刻笑了：「大哥！」

江聖謙笑著看著這個最小的弟弟，從小調皮搗蛋，一轉眼都那麼大了。

開了一天的會，他一出聲嗓子有些啞：「怎麼在這裡睡著了，我聽警衛說你等了我一晚上。」

江聖卓坐起來，身上還搭著他的衣服，拿起桌上的水遞給他：「大哥，先喝點水吧。你那個精力旺盛的兒子拉著我玩了一晚上，我都累趴了。」

江聖謙接過水喝了口，想到那張白白胖胖的小臉，沉穩冷峻的臉上閃過一絲溫柔和驕傲。

江聖卓看在眼裡，自然明白江家的長子長孫不是那麼好當的。江聖謙從小就被長輩寄予厚望，被當成兄弟們的榜樣，一言一行都不能有差錯，壓力之大可想而知，換作是他，早就不幹了。可江聖謙卻沒有表現出半分不情願，他少年老成，從學校出來後就一路穩紮穩打，幾年時間便成為政壇一顆冉冉升起的明星，身居要位後更是越發沉著睿智，縱觀同齡人，無人能出其右。

可高處不勝寒的道理，江聖卓深有體會，雖然江聖謙現在的地位舉足輕重，卻讓他不能隨心所欲。

「大哥，你有時間多陪陪念一和大嫂，念一嘀咕了一整晚爸爸怎麼還不回來，一定要等你回來，一家人哄了他半天他才乖乖去睡覺，大嫂也不容易。」

江聖謙嘆了口氣，拿出菸想點上，忽然想起妻子含嗔的眉眼，於是放下菸端起茶喝了口，看著江聖卓欲言又止的樣子，深知這杯茶不是那麼好喝的，笑著問：「有事找我？」

江聖卓不知道怎麼開口：「嗯……」

江聖謙大江聖卓八歲，江聖卓出生的時候江聖謙已經懂事，他和兩個弟弟趴在床邊，看著一團粉嫩的弟弟躺在媽媽懷裡揮舞著手腳，流著晶亮透明的口水，咧著小嘴露出粉色的牙床對他們笑，心裡突然軟成一團。雖然他已經有了兩個弟弟，希望這一個會是個妹妹，但那一刻他對這個小生命充滿了欣喜，覺得有這個弟弟真是太美好了。

江聖卓難得有欲言又止的時候，他探身拍了拍弟弟的肩膀：「我們家的小魔頭還有不好意思的時候？說吧，能幫上忙的，大哥肯定幫。」

江聖卓一想，對自己大哥也沒什麼不好說的：「也不是什麼大事，我知道現在白家的人都在你的手底下，白氏最近有個開發案已經和上面打好了招呼，馬上就要啟動了……」

江聖謙抬眼看他：「你想要？」

江聖卓極不屑地回了句：「我才不稀罕！」

江聖謙被他逗笑了：「那是白家得罪你了？」

江聖卓重重地點頭：「嗯！」

「白家那幾個……」江聖謙思索著，「不至於這麼不長眼吧？」

江聖卓惡狠狠地說：「是挺有眼無珠的！」

江聖謙想了想，大腦自動開始梳理其中的利害關係，看了自己弟弟半天，他忽然問：「這事老二也說得上話，你沒必要等我啊？」

江聖卓：「……」

二哥啊……他二哥江聖航和三哥江聖揚是雙胞胎，二哥是個極不可靠的大嘴巴，反倒是比他小了幾分鐘的三哥卻沉靜內斂很多。他今天找了二哥，估計明天爺爺就要請他喝茶了。

江聖謙本就是逗他玩，看他垂著腦袋便笑了：「行了，你啊，一定要一巴掌把人家拍死，不給自己和別人留半點退路，早晚吃虧！」

江聖謙本是隨口一說，誰知一語成讖，江聖卓日後真的為此吃了大虧。

江聖卓眉間一喜：「那你是答應了？」

江聖謙無奈地點頭：「你難得跟我開口，我怎麼能不答應？」

江聖卓倒是有些顧慮：「那爺爺那邊，白家老爺子跟爺爺……」

江聖謙拍拍他的肩膀安慰：「我既然答應了，自然就有辦法交代，這個開發案本就是賣白家一個面子，你就放心吧。」

果然第二天白起雄就被叫回家裡，他看到弟弟白起剛和姪女老老實實地站著挨訓，心裡有些奇怪。

「爸，您那麼著急叫我回來什麼事啊？」

白泰霖坐在沙發上，氣得鬍鬚亂顫，指著白津津：「妳自己說！」

白津津眼裡含淚怯怯地說著，白起雄皺著眉聽完了問：「那個開發案真的不行了？找找姑父行不行？」

白氏這兩年在很多行業都有涉獵，他只是管理技術這一塊，其他都是白起剛負責，他也是剛剛知道這個消息。這個開發案凝聚了白氏大量的人力財力，如果成功了，那麼日後白氏的發展必然順風順水，可偏偏在臨門一腳上出了問題。

白起剛搖搖頭：「上面親自打的招呼，姑父也沒辦法。」

白泰霖雖然年紀大了，但耳聰目明，心裡跟明鏡似的，氣得臉上青筋凸現：「案子不行了還是小事！你知道是誰把這個案子壓下來的嗎？你們自己做下的事自己解決！別指望我覥著老臉去替你們說話！」

白起雄有些不悅地看著白津津：「妳是不是在國外讀書讀傻了啊，我不是跟妳說過嗎？讓妳別惹喬樂曦。」

白津津小聲反駁：「你又沒告訴我她是誰，我以為……」

白泰霖站起來將手裡的拐杖敲在地上，擲地有聲：「起剛你也是！平時你和你那老婆張口白家閉口白家！讓孩子以為白家有多了不起了！現在好了，撞槍口上了吧？」說完看著白津津，「妳這幾年在國外都學了些什麼回來啊？栽贓陷害！不該學的一樣沒少！」

白起雄走過去幫父親順氣：「爸，您消消氣，津津還是小孩心性，他們幾個小孩吵吵鬧鬧的沒大事，我和江聖卓還說得上話，等一下我帶津津去道個歉，也就沒事了。」

白老爺子瞪著白津津：「希望如此吧！」

白起雄對白津津使了個眼色：「還不快去幫爺爺倒杯茶，看把爺爺氣成什麼樣了！」

白津津倒了茶軟著語氣蹲在白老爺子跟前說了半天軟話，白老爺子總算緩了臉色。

——※——

江聖卓坐在辦公室的沙發上，悠閒自在地喝著咖啡，看都沒看對面坐著的兩個人。

白起雄自知理虧，笑著開門見山：「小姪女年輕不懂事，希望江少不要和她計較。」

「年輕不懂事？她？」江聖卓故作誇張地睜大眼睛，一臉很吃驚的表情，故意上上下下地打量了白津津幾遍，似乎在確認白起雄說的是不是眼前這個人。

直到白津津被他打量得無地自容了，江聖卓才笑著對白起雄說：「我看她懂的事情真的不少。樂曦那個丫頭能被她設計了，還是在我眼皮子底下，我江某人這幾年算是白混了，我真是佩服啊。這事啊，您找我沒用，我只是一個外人，我覺得要不然您去趟喬家和樂家？您不知道這兩家疼這個傻姑娘疼得跟什麼似的，我碰她一下，她幾個哥哥沒少揍我。對了，白家老爺子不是跟著她外公幾十年嗎？樂老爺子什麼脾氣他最清楚，是吧？」

江聖卓半真不假、自嘲自諷的幾句話讓白起雄的面子更加掛不住了，為難地看著他：「江少……」

白起雄知道，這次只有江家的人出手，怕是喬家和樂家還不知道這件事，他也不會傻到自己往槍口上撞，只能從江聖卓這裡突破。

江聖卓又悠悠地開口：「其實我跟您說句實話吧，幸虧啊您這是姪女，如果是姪子……我真的不好意思打女人。不過我臉皮厚，說不定哪天就動手了，您讓她注意一點。」

白津津想說什麼，被白起雄一個眼神制止住，轉頭對著江聖卓笑：「江少，那您說這事怎麼解決？」

江聖卓把杯子砰一聲砸在桌上，冷著一張臉：「不要跟我說這事，這事是誰做的，誰負責，得罪了誰，找誰道歉去！白總慢走，不送了。」

白起雄知道多說無益，只能離開，心裡雖然憋了氣但也只能壓下去。

江聖卓冷眼看著那兩道背影，臉上晦暗不明。

到了下午，喬裕打電話給他。

『怎麼回事啊，今天我就聽說你揪著白家不依不饒的，他都找到我這裡了，差不多就好了。他們就在外面等著見我呢，你如果不生氣了，我就做個和事佬，多一事不如少一事。』

這一句話讓江聖卓的火瞬間冒起來了：「你也不問問他家那白津津幹了什麼！樂曦懂事不告訴你們，你們也不知道管一管！人家都快把你妹妹整死了，你還來跟我說情？真不知道你這是什麼哥哥！」說完就掛了電話。

喬裕覺得今天江聖卓這火氣真不是一般的大，但他似乎也明白是怎麼回事了。

江聖卓和喬樂曦從小就是對歡喜冤家，他今天揪揪她的頭髮啊，明天抓隻毛毛蟲嚇她啊，可是他比誰都疼喬樂曦，別人要是動了她一根寒毛，他一定把那人拍死才算完事。

喬裕正想著，祕書敲門進來：「喬部長，白總還在等著見您，見還是不見？」

喬裕笑了笑：「告訴他，我今天很忙，沒時間見，讓他們走吧。對了，今天上午批的給白氏支持政策的那個檔案先別下發，過兩天再說。」

祕書覺得喬裕今天的笑容和以往很不同，答應下來便出去了。

——※——

「啊，疼！」

「輕一點、輕一點！」

「江聖卓！你輕一點不行嗎？」

江聖卓正小心翼翼地幫喬樂曦換藥，無奈她每隔兩秒鐘就在他耳邊尖叫，他實在受不了抬頭瞪她一眼：「妳給我閉嘴！我根本還沒碰到！」

喬樂曦撇了撇嘴，一臉委屈。

江聖卓幫她纏著紗布，還在幸災樂禍：「再說了，疼就對了，讓妳長點記性。」

喬樂曦立刻握拳暢想：「從今天開始，姐就變身成心狠手辣的腹黑女魔頭，終有一天我要讓所有人在我名字前加上三個字，黑、寡、婦！如果誰得罪了我，我就讓他求生不得求死不能！」

江聖卓立刻肩膀亂顫，喬樂曦板著臉看他：「你笑什麼？！有什麼好笑的？」

江聖卓礙於她的淫威，低著頭忍住笑：「換好了！傷口恢復得不錯！」

喬樂曦摸著紗布，前一刻還氣場十足，這一刻就化身小女人，苦惱地問：「會不會留疤啊？」

江聖卓向後靠上沙發，調侃著：「喲，女魔頭還怕留疤啊，有幾道疤才更唬得住人啊！」

喬樂曦正想反駁，有人敲門，江聖卓看了一眼牆上的時鐘，微微一笑。

喬樂曦沒察覺到他笑容的深意，踢踢他：「去開門！」

江聖卓坐著沒動：「這是妳家，我去幹嘛？」

喬樂曦想想也是，就站起來去開門。

江聖卓還好心地在身後叫喚：「站穩了啊，別嚇到了！」

喬樂曦被他奇奇怪怪的話弄得一頭霧水，一打開門看到來人嚇了一跳：「二哥！」

喬裕看著她慌張地把手背在後面：「藏什麼呢，我看看！」

喬樂曦邊躲邊轉頭瞪沙發上坐著的某人，某人悠然自得地看著雜誌不理她。

終究是沒躲過，她的手臂被喬裕翻來覆去看了好幾遍，一臉心疼：「怎麼回事啊？」

喬樂曦笑嘻嘻地拉著喬裕進來坐：「不小心摔的，都快好了。」

江聖卓坐在一旁冷哼：「摔得可真是地方。」

喬樂曦直接拿腳踹他：「你，去旁邊坐，這裡給我二哥坐！」

江聖卓吸著冷氣往旁邊挪：「又踹我，妳忘了誰幫妳送的飯，誰幫妳換的藥？」

喬樂曦理虧，不說話了。

喬裕坐下後，摸摸妹妹的腦袋，臉上露出不悅：「妳被別人欺負了，怎麼不跟二哥說呢？」

喬樂曦一臉討好：「二哥，都是小事，沒那麼嚴重，真的！」

喬裕把繃帶拆開，又仔仔細細地檢查了一遍才放心：「以後小心點，現在外面什麼樣的人沒有啊，多注意一點。」

喬樂曦立刻乖巧地點頭：「記住了，二哥。」

喬裕忽然笑容可掬地看向江聖卓，邊笑邊鬆開領帶和袖口的鈕釦，然後慢條斯理地挽起衣袖，露出結實有力的手臂。

那笑容讓江聖卓打了個冷顫：「二哥，你笑得好恐怖。」

喬裕似乎很滿意他的反應，繼續笑著，溫柔地開口：「聖卓，跟我到書房來一下吧。」

江聖卓一臉防備：「不要了吧，二哥……」

喬裕過來揪他，斯斯文文地回答：「這個還是不能省的。」

江聖卓被他扯著往前走，一邊走一邊回頭可憐兮兮地看著喬樂曦：「巧樂茲，我恨妳……」

喬樂曦笑瞇瞇地對他揮手：「二哥，江蝴蝶，你們好好交流喲！」

書房的門關上的瞬間就傳來乒乒乓乓的聲音，偶爾還有悶哼聲和對話聲。

江聖卓邊躲避邊求饒：「二哥，我錯了！」

喬裕一拳打在他的小腹上，喘著粗氣：「錯了？我把妹妹交給你，你就是這麼照顧她的，啊？」

說著還想再補一拳，沒想到卻被江聖卓躲開，他滑得像隻泥鰍，怎麼都抓不住。

「我只是一眼沒注意就出事了！我發誓，下次再也不會了！」

「下次？你還敢有下次？先把這次的算清了！」

「……」

喬樂曦趴在門上聽了一陣子，才見喬裕從裡面走出來，衣衫工整，連頭髮都沒有亂一根。江聖卓除了襯衫有些皺褶外也看不出什麼，不過走路的姿勢和臉上的表情明顯很僵硬。

喬裕攬過妹妹的肩，拉著她往門口走：「這小子還不錯，只知道躲，不還手。」

喬樂曦一臉不屑：「他是知道打不過你，所以不敢還手！」

喬裕笑，無奈地嘆氣。

傻丫頭，他是將門之後，怎麼會打不過二哥呢，如果不是在乎妳，他又怎麼會心甘情願地被我揍？

喬裕拿了外套往門口走：「我還有事就先走了，妳們好好玩吧！」

喬樂曦送喬裕進電梯才回來關心江聖卓：「喂，你沒事吧？」

江聖卓正躺在陽臺的躺椅上，曬著太陽昏昏欲睡，懶洋洋地回答：「有事，我需要閉關療傷，不知道女魔頭可否輸點真氣給我，助我早日復原？」

喬樂曦「噗哧」一聲笑了，歡樂地抱著筆記型電腦坐到他旁邊看電影。

看到一半，她才後知後覺地發現不對勁，點下暫停：「喂，你怎麼不去上班，賴在我這裡幹嘛？」

江聖卓打了個哈欠，姿態慵懶，依舊閉著眼睛，睫毛末端跳躍著金色的光芒。他只是無意識地呢喃：「陪妳啊……」

喬樂曦愣了半天，良久才惡狠狠地開口：「神經病！」順手把搭在一旁的薄毯扔在他身上。

——※——

幾天後，喬樂曦被江聖卓押上車的時候還在嘰哩咕嚕地自說自話，轉折遞進之類的詞被她用得一塌糊塗。

「其實，我不是害怕，也不是緊張，我只是很久沒回去了有點不適應，能回去我還是很開心的，真的！那畢竟是我自己的家，我從小在那裡長大，對吧？」

「而且他是我爸爸，我身上流著他一半的血，雖然我們很久沒見面了，那也不是我有意的啊，他工作那麼忙，我也很忙，這次終於有機會見一面了，我應該好好珍惜，古人云，『子欲養而親不待』，古人是不會欺騙我的，對，我應該相信古人……」

「更何況我都答應你了啊，我喬樂曦是個言出必行的有誠信的人，要賴什麼的這種沒品的事情我是肯定不會做的……」

「還有啊，禮物我都買好了，那麼貴的東西浪費了實在是不好……」

「你說對吧，江聖卓？」

江聖卓早就在旁邊笑到不行了，一手扶著方向盤，一手撐在車窗上撫額，特別配合地回答：「對……」

車子開了十幾分鐘，停在一座小洋房前，喬樂曦從車內探出腦袋看了看眼前的店鋪：「搞這麼正式幹什麼？不就是過個壽？」

江聖卓拖著她下車，一臉奸詐，用她剛才的那一套回覆她：「我記得我可是一早就告訴過妳，今天有很多人要出席令尊的壽宴，妳還是煞風景地穿得和平時逛街一樣，我不知道妳是有意還是無意，不過沒關係，因為妳二哥交代，在妳進門前，我必須把妳打扮得漂漂亮亮金光閃閃，我親愛的喬大小姐！」

喬樂曦用一臉不耐煩掩飾著陰謀被拆穿的尷尬：「什麼東西啊？江聖卓，我真是討厭你！特別特別討厭你！真的！」

剛進門余晚就迎了上來：「江少，老闆等了您很久了，正在上面發脾氣。」

喬樂曦一臉幸災樂禍：「余姐姐，那傢伙脾氣那麼壞妳就別跟著他了，我幫妳另外找一個好的！」

余晚被她逗得滿臉通紅還沒回答，就聽到一道聲音自半空中傳過來：「妳還是先把自己嫁出去再說吧，操心別人家的事幹什麼？」

一樓到二樓的樓梯中央站著一個男人，一個打扮得花枝招展的美男。

一件玫紅色的V領毛衫、一條黑色緊身褲，配上陰柔的五官，喬樂曦一身雞皮疙瘩。

喬樂曦沒想到挖牆角被主人逮個正著，有些心虛地抬頭笑容滿面地對那人打招呼：「嗨，七加一。」

江聖卓和余晚忍俊不禁。

齊嘉逸最討厭別人叫他七加一，他頂著一張黑如鍋底的臉，非常不快地說了句：「上來吧。」

喬樂曦往江聖卓身邊靠了靠，小聲問：「江聖卓，你怎麼總招惹這種妖怪啊？是不是學設計的男人都是這副德行啊？」

江聖卓笑而不語，一路笑著上樓。

上了樓喬樂曦就被幾個女孩擁著去了裡面幫忙換衣服化妝，江聖卓換了衣服出來在照鏡子，齊嘉逸站在他旁邊一臉得意：「嘖嘖，這可是我的私房貨，不錯吧？」

江聖卓滿意地理著袖口：「還不錯。」

齊嘉逸坐到沙發上遠遠地看著江聖卓：「你這張臉和這身材還真能唬得住人，也只有你，換了別人，我還真捨不得給。」

江聖卓從鏡子裡懶洋洋地看他一眼：「行了，你是誇我呢？還是誇你的衣服？你沒有好處嗎？我虧待你了嗎？」

「呃……」齊嘉逸被噎住了。

江聖卓整理好衣服也坐到沙發上，眼睛看著裡面輕聲問：「是一樣的嗎？」

齊嘉逸頗為得意：「那當然，不過這件我用的布料特別棒，而且在細節上我下了功夫的！」

江聖卓一臉陰謀得逞的壞笑：「七加一，你真是壞到骨子裡了！」

齊嘉逸也是一臉壞笑：「彼此彼此。」

「不過……我說，江聖卓，你怎麼越活越回去了，用這麼……」齊嘉逸皺著眉想了半天措辭，「用這麼膚淺低俗的手段對付一個小姑娘？」

江聖卓冷哼，一副極不屑的樣子：「像這種小丫頭，你的手段高深莫測了，她沒那腦子，等於浪費，就要用這種低劣的手段才能讓她難受！」

齊嘉逸立刻來了興趣：「她到底怎麼得罪你的？」

江聖卓揚揚下巴示意他看樓下正和人笑著說話的余晚：「她如果真是得罪我了，那還好說，可如果有人得罪你的漁歌唱晚，你會輕易放過他？」

齊嘉逸恍然大悟地點頭：「那肯定不能那麼輕易放過他。」

江聖卓挑眉：「那不就行了！」

齊嘉逸伸手：「我要的東西呢？」

江聖卓把他的手拍飛：「知道了，明天一早就叫人送過來給你。」

兩人正說著話，江聖卓下意識地一轉頭，就看到喬樂曦從換衣間裡出來。

窗外陽光正好，穿過窗戶在地上投下一大片光影，她就站在光影中間，眉眼彎彎地對著他笑。一襲水綠色的單肩長裙，露出俏麗的鎖骨，優雅大氣，由肩膀垂墜到手臂的層次寶石流蘇正好遮擋住之前的傷口。

江聖卓有一霎那失神。

喬樂曦笑著歪歪頭，問：「好看嗎？」

江聖卓痞裡痞氣地吹了聲口哨：「美女，很漂亮。」

喬樂曦被逗笑，她這一動，江聖卓就看出了不對勁。喬樂曦出門的時候穿的是平底鞋，此時一動便顯得裙擺過長。

江聖卓對齊嘉逸勾唇一笑：「貢獻出來吧？」

齊嘉逸繃著一張臉：「想都不要想！」

江聖卓蹙眉想了一下，很快薄唇輕啟：「我聽說，你在國外訂了枚戒指，準備向漁歌唱晚求婚，你說，如果……」

「閉嘴！」齊嘉逸神色一變，大吼一聲阻止他繼續往下說，「不就是一雙鞋！我給！」

江聖卓露出滿意的笑容：「很好。」

「我當初為什麼要犯賤跟你炫耀？你這個資本家！吸血鬼！我上輩子到底是幹了什麼這輩子才認識你！」齊嘉逸邊憤憤不平地嘀咕邊戀戀不捨地把一雙鞋子遞給喬樂曦，「每次你來我這裡都跟蝗蟲過境一樣！」

喬樂曦接過來故意驚嘆一聲：「哇！真漂亮！真是謝謝你了，七加一。」

齊嘉逸氣得吐血。

江聖卓和喬樂曦笑容滿面地離開，齊嘉逸含著熱淚看著他們的背影，咬碎一口白牙：「豺狼虎豹！」

到了喬家，時間還早，客人還沒到，只看到幾個飯店的服務生正在布置。

喬燁、喬裕兩個人站在門口準備迎客，喬樂曦開心地跑過去，站穩之後恭恭敬敬地叫了聲：「大哥。」

喬燁笑著點了點頭，然後看著她親暱地攀上喬裕的手臂撒著嬌叫二哥，眼裡的豔羨一閃而過。從小這個妹妹對自己和父親都是恭敬有餘親密不足。

喬裕拍拍她：「爸爸在書房，快進去吧。」

喬樂曦撇撇嘴，不情不願地往裡挪。

喬燁和喬裕對視一眼，相似的眉頭皺起。

喬裕看著江聖卓：「你進去看著她，別讓她再出什麼事了。」

江聖卓點點頭準備跟上去，突然又問了句：「那邊都安排好了吧？」

喬裕微微一笑：「放心吧。」

江聖卓會意，便跟了上去。

喬樂曦上了二樓，書房的門半開著，她探著身子往裡看了一眼，喬柏遠正站在書桌前寫字。她正猶豫著，江聖卓忽然從後面推了她一把，她便猛地推開門衝了進去，跌跌撞撞地扶著書桌站穩，再一抬頭看到父親連頭都沒抬，依舊揮灑自如地寫著。

她轉頭瞪了門外的江聖卓一眼，然後輕咳一聲，把手裡的禮物遞到桌上，略顯生硬地開口：「爸，生日快樂！」

喬父略一抬眼，飛快地掃過那雙手，清冷的聲音響起：「放著吧。」然後便沒了動靜。

喬樂曦有些尷尬地站著，半晌喬父才再次開口：「手怎麼了？」

其實已經好差不多了，不仔細看根本看不出來，她不相信父親是看出來的，肯定是聽到什麼了才問她，她也不好再說謊。

「呃……」雖不能說謊，但是她也不知道該怎麼回答。

喬柏遠的注意力似乎依舊遊走在筆鋒上：「我早就跟妳說過，妳太重感情，重感情不是不好，但要看對方值不值得。」

喬樂曦忽然冷笑：「是，我是沒您薄情。」

喬柏遠筆下一滯：「沒什麼事的話就出去吧。」

喬樂曦頭也不回地退出了書房。

江聖卓在門外等著她，看她出來便問：「怎麼樣？」

喬樂曦沒好氣：「能怎麼樣，還不是那樣？和我說話跟開會似的！職業病！」

最後幾個字有些大聲，是故意說給門內的人聽的。

兩個人準備下樓，江聖卓走了幾步發現喬樂曦沒有跟上來，一轉頭，就看到她站在樓梯口對著走廊盡頭的那間房發呆，微微抿著唇。

她站在那裡，明明面無表情，江聖卓卻能感覺到她的悲愴、孤單和害怕，那種平日裡被她隱藏得很好的情緒緊緊圍繞著她。

他轉過頭背對著她，假裝什麼都沒看到，故作輕鬆地叫了聲：「巧樂茲，走了。」

喬樂曦看了他一眼，又轉頭看了一眼那間房，臉上重新掛上笑容：「來了。」

兩個人從樓上下來時，樓下已經來了不少人，江聖卓被拉去聊天，喬樂曦站在兩個哥哥身邊招呼客人。

沒多久喬樂曦就煩了，揉揉笑得僵硬的臉：「大哥、二哥，我能不能去休息一下啊？」

喬燁和喬裕早就適應了這種場合，看她苦著一張臉才知道小丫頭累了。

喬裕拍拍她的後背：「去休息吧，這裡有我和哥就行了。等一下都是妳愛吃的，父親特地交代的。」

喬樂曦知道他是有意緩和自己和父親的關係，敷衍地笑了笑。

喬樂曦剛在沙發上坐穩，便看到江聖卓舉著半杯紅酒也往這邊走。沿途有人跟他打招呼，他掛著淺笑應一聲，偶爾聊上兩句，看似對對方的話題很感興趣，等走過柱子沒人看到，他便垮了臉一臉疲憊地坐到她旁邊。

喬樂曦忍不住奚落他：「怎麼，人皮面具掛不住了？」

江聖卓鬆了鬆領口，吐出口氣：「早掛不住了，要是我自己的爹過壽，我早就不幹了。」

這個喬樂曦倒是信：「對了我剛才看見江念一了，長得越來越可愛了。」

江聖卓不置可否：「也越來越蠻橫了。」

「……」

江聖卓和喬樂曦坐在吧檯後面的沙發上邊聊天邊聽牆角，沙發與吧檯之間有根柱子，很隱密，外面並不會看到。

「喬書記最近倒是很春風得意呢。」

「兩個兒子都平步青雲，女兒又漂亮懂事，可不是正春風得意嘛。」

幾個男人喝著酒有一句沒一句地閒聊。

「哎，剛才程少他們都圍著的那是誰啊？我可沒見過程少對誰這麼殷勤。」一個年輕的聲音響起。

「江家的么孫啊，這你都不認識？」

「哦，他的花名我倒是聽過，剛才看了一眼，倒真像個紈褲少爺。」

低沉的笑聲響起來，似乎是在笑話那人的無知：「人家有資本啊，人家是什麼家世？他爺爺、他父親、他三個哥哥，還有她母親那邊的關係，他想怎麼鬧都行啊？」

年輕的聲音遲疑了一下：「這麼說，倒是個靠家裡吃飯的囉？」

「還真不是，除了這些，他的身價也不低，華庭這幾年可不容小覷。」

「切，那還不是靠江家！他要不是姓江，能有今天？」

「……」

兩個人靜靜地聽著，喬樂曦忽然踢踢江聖卓：「欸，江蝴蝶，他們說你是紈褲。」

江聖卓漫不經心地坐著，渾身上下自有一種渾然天成的氣勢，他舉杯抿了口酒，絲毫不在意：「嗯，他們怎麼不誇我長得帥呢，真是！不懂事！改天給他們穿小鞋。」

喬樂曦翻白眼，這不是重點好不好？

「他可未必那麼簡單。」清清淡淡的一句話響起，聲音溫和。

喬樂曦被吸引，探身看過去，就看到坐在吧檯角落的一個男人。

一張清俊的臉，五官深邃，立體感很強，一身黑色的西裝裁剪合體，整個人隱隱有種迫人的感覺。

喬樂曦看了幾眼便轉過頭評價：「這個人倒是挺識貨的。」

江聖卓瞇著眼睛也往那個方向看了一眼，忽然揚聲：「仲陽！」

那個男人果然轉過頭看過來，江聖卓抬頭招呼他：「這裡！」

他走了幾步才發現柱子後的小天地，笑著走近給了江聖卓一拳算是打招呼：「你倒是會找地方躲清靜啊！」

江聖卓一改剛才的疲憊，精神抖擻地和他聊起來：「看著外面那群人，煩！」

「嗯，江聖卓一向我行我素不拘小節。」

「行了，你就別調侃我了，什麼時候回來的？」

「剛回來沒幾天，今天就被老爺子一個電話派了任務。」

喬樂曦看著這張臉覺得有些熟悉，卻想不起來，照理說，自己不該認識他。

江聖卓看著喬樂曦臉上複雜的表情，便笑：「怎麼，不記得了？」

喬樂曦抬頭想再仔細看看那張臉，誰知道那個男人帶著淺笑直直地看著自己，她忽然有些無所適從：「看上去是有些面熟……」

江聖卓大笑起來：「薄仲陽，當年他父親調到南方，他們全家搬走的時候，妳還拉著人家的手不放，一點都不記得了？」

喬樂曦對這件事一點印象都沒有，她懷疑這件事是江聖卓杜撰出來的，但看薄仲陽的表情又不像是假的，她搖搖頭：「真的不記得了。」

「也難怪，」薄仲陽開口替她解圍，看著江聖卓，「當年我搬走的時候我們都還小呢，我們在美國第一次見面的時候，不是也沒認出對方嗎？要不是剛才聽人介紹，我都不知道喬裕的妹妹長得這麼標緻。」

被帥哥誇了幾句，喬樂曦心花怒放，她現在被江聖卓打擊慣了，一聽到別人誇她，就特別高興，心裡對這個帥哥的好感增加了幾分。

「樂曦現在是做什麼工作的？」薄仲陽轉頭看向她，不著痕跡地改了稱呼。

喬樂曦溫溫柔柔地笑，正想回答，江聖卓就拋了句話出來。

「她？工地上幹活的，和建築工人差不多。」

喬樂曦怒火中燒，卻又不想破壞形象，只能咬牙切齒地叫他的名字：「江聖卓！」

江聖卓一臉欠揍的笑容，睜著大眼睛特別無辜地反問：「幹嘛？」

喬樂曦溫婉一笑，眼睛卻緊緊地盯著他以示警告。

江聖卓絲毫不接招，吊兒郎當地開始拆她的臺。

「巧樂茲，妳敢不敢把妳那副張牙舞爪的模樣在人前展現一下？」

喬樂曦深吸一口氣：「花蝴蝶，我胸懷寬廣，不和你一般見識。」

江聖卓連連點頭：「是，胸懷寬廣，飛機場嘛！」

喬樂曦被逼得終於露出原形，惡狠狠地瞪著他：「你閉嘴！我不和控制不了第三條腿的禽獸說話！」加重了禽獸二字的音調。

江聖卓內傷：「妳！」

喬樂曦一臉勝利的得意，歪著腦袋挑釁：「怎麼樣，不服氣啊？」

江聖卓語塞：「算妳狠！」

薄仲陽在一旁看著兩人鬥嘴，臉上自始至終都掛著笑，直到兩個人暫時休戰才開口：「我記得妳好像是學通訊工程的吧？」

喬樂曦詫異：「你知道？」

薄仲陽笑著解釋，露出一口整齊的白牙：「我有個表妹恰好和妳同個學校，那個時候我去看她，見過妳。當年的那支民族舞風情萬種，我記憶猶新。」

他一句話把喬樂曦的思緒拉回了幾年前。

她不記得當時到底是怎麼開始的，幾個同學開始聊起各國的文化，然後什麼西班牙舞、拉丁舞、踢踏舞層出不窮，當年的她還年輕氣盛，容不得別人對自己的民族文化有半點輕蔑，便風光無限地跳了支民族舞，豔驚四座。

後來冷靜下來她便後悔自己的莽撞，但那一份自豪感還是銘記於心，每次想起來都是熱血沸騰的。

只是她沒想到，會那麼巧被薄仲陽看到。

江聖卓好奇：「妳還有這麼高調的時候？」

爭強好勝的往事被翻出來，喬樂曦有些不好意思：「意外而已。」

薄仲陽看著她的眼睛，格外認真地開口：「有機會還是希望能再欣賞一下。」

喬樂曦笑著擺擺手：「很多年沒跳過了，早就不行了。」

三個人還在說著話，喬樂曦突然被喬裕叫走。原本喧鬧的大廳安靜下來，喬柏遠站在大廳中央致辭，然後喬家三兄妹推著蛋糕出來，熱熱鬧鬧地切了蛋糕便開始自由活動。

江聖卓和薄仲陽也從柱子後走了出來。

江聖卓問：「看你這意思是要回來發展了？」

「我是有這個打算。」薄仲陽點頭，「本來在這邊也有一部分產業。」

江聖卓勾了勾唇：「那有用得著我的地方儘管開口。」

薄仲陽眼底一亮：「眼前倒真有件事要你幫忙。」

江聖卓歪頭看他：「什麼事？」

薄仲陽開門見山：「喬樂曦有男朋友了嗎？」

江聖卓抿了口酒，不再看他，垂眸看著手裡的酒杯，臉上神色未變：「什麼意思？」

薄仲陽很快回答：「我有點喜歡她。」

江聖卓挑眉，眼前的這個男人還是那麼直接，他淡淡地開口：「暫時應該是沒有。」

「那就是說，」薄仲陽一臉玩味，「我還有機會？」

「你別問我啊，她又不是我妹妹，你去問喬裕！」江聖卓略微有些不耐煩，「我去那邊打個招呼。」

薄仲陽一笑，也沒在意。

喬樂曦和滿大廳的名媛女眷打了一圈招呼，筋疲力盡，環視著尋找江聖卓的身影，找到後蹭到他身邊，小聲問：「走吧？」

江聖卓悠悠哉哉：「著什麼急，好戲還沒開始呢。」

喬樂曦一邊對站在對面侃侃而談的大叔笑著點頭，一邊微微張嘴和江聖卓交流：「該進行的都進行完了，還有什麼啊，走了！」

江聖卓看著門口：「妳急什麼，就快來了。」

喬樂曦順著他的視線往門口看：「你在等誰啊？約了美女嗎？」

她正笑嘻嘻地調侃江聖卓，下一秒看到了來人，便笑不出來了。

她看著白津津身上眼熟的長裙，手上用力掐江聖卓的手臂，咬牙切齒地問：「你是故意的吧？」

江聖卓努力控制好面部表情，對著周圍的人笑著說：「不好意思，失陪一下。」

等兩人轉過身他才一臉痛苦地小聲求饒：「大小姐，妳輕點，都快被妳掐下來了！我可是血肉之軀！」

喬樂曦又用力掐了一把才鬆手，渾身不自在：「我就說你和七加一兩個人古裡古怪的，你到底想幹什麼？」

江聖卓挑眉一笑，滿目的輕狂不羈：「沒想幹什麼啊，我一向是有仇必報的。」

喬樂曦轉身想走，卻被他拉著站在離白家叔姪不遠不近的地方，言笑晏晏。

雖然男士們對撞衫這種事情沒什麼特殊的感覺，但女士們就不一樣了，她們的視線在喬樂曦和白津津身上不斷交替。

江聖卓低頭在喬樂曦耳邊吐氣：「挺胸，抬頭！要有氣場！這可是妳的地盤，妳怕什麼？妳不是女魔頭嗎？」

喬樂曦一想，也是，她心虛什麼。

這麼一想，她一下子就有了底氣，再抬眸看向白津津時已然是一副笑著挑釁的模樣。

兩件衣服第一眼看上去一模一樣，但仔細一看，明眼人都能辨別得出誰是正版誰是山寨，私語聲和笑聲漸漸起來，白津津臉上掛不住了，匆匆離開。

對手不戰而逃，喬樂曦也覺得沒意思，面露嫌棄地看著江聖卓：「有意思嗎？你無不無聊啊？」

江聖卓倒是一臉的興致盎然：「有意思啊，特別有意思，這種女人最虛榮好面子，打蛇就要打七寸。」

喬樂曦無力吐槽：「那請問江少，蛇也打完了，我們可不可以走了？我站得腿都快斷了。」

江聖卓睨她一眼：「妳老是急著走什麼啊，好戲還在後面呢。」

「還來？」喬樂曦苦著臉，「算了吧。」

江聖卓窮凶極惡地警告她：「我事先說了啊，等一下妳敢搞砸我就咬死妳！」

喬樂曦一臉驚悚：「打狂犬病疫苗很疼的！」

眼看江聖卓就要變臉，她知道他是替自己出氣，嘆了口氣妥協：「那你別太過分了啊。」

江聖卓立刻眉開眼笑：「您就等著看吧。」

白津津很快換了衣服回來，沒了剛才的趾高氣揚，低眉順眼地跟在白起雄身邊。

白起雄舉著酒杯笑著對喬裕說：「門前有點事耽擱了，就來晚了，真是不好意思。」

喬裕托著酒杯與他的杯壁輕輕擦過，不著痕跡地拉開距離，笑容淺淡：「白總太客氣了。」

由「白叔」變成「白總」，白起雄心裡立刻明白了。

最近白氏的很多項目都碰壁了，他這次來就是希望能化解這場矛盾，他也清楚這個口要由他先開。

「津津不懂事，前段時間傷了樂曦，一直沒找到機會，今天我特地帶她過來賠罪，希望喬部長別介意。」

喬裕的眉眼長得格外溫和，笑與不笑都是一副溫和有禮的樣子，白起雄也算是看著他長大的，知道他的性情最是敦厚，所以整個大院的孩子裡他的人緣最好，也最好說話，沒想到這次一開口還是不冷不熱的口吻：「小孩子嘛，打打鬧鬧也是正常的，我是不介意，可聖卓不答應啊，您也是知道他的，不舒服了能擾得所有人都跟著鬱悶，要不然您去問問他介不介意？」

喬裕和江聖卓來回踢皮球，白起雄心裡有火也沒地方發洩。

他尷尬地笑了笑，眼看喬裕這裡沒辦法突破，準備帶白津津去找江聖卓。

喬裕在身後叫住他，意味深長地看了白津津一眼：「還有啊，白總，既然是小孩子的事情嘛，就讓他們小孩子去解決，我們就別參與了，參與多了未必是好事。」

喬裕的話可能白津津沒聽明白，但白起雄是聽明白了，這件事情恐怕他是幫不上半點忙了。

他示意白津津：「津津啊，妳過去給樂曦道個歉吧，好好說。」

白津津有些為難地看著二伯，又看看不遠處的江聖卓和喬樂曦，硬著頭皮走過去，冷著一張臉，垂著眼簾誰都不看，連語氣都是冷冰冰的，動作僵硬地舉著杯子，口齒不清地飛快地甩出一句話：「喬樂曦，對不起，上次是我不對。」

喬樂曦覺得她比自己小，又是老闆的親戚，自己不該那麼小氣的，但是一看到白津津的態度，她本來不想計較的也要開始計較了。

江聖卓涼涼地開口：「道歉嘛，總要拿出誠意來不是嗎？妳端著杯果汁是怎麼回事？」

白津津也是嘲諷的語氣：「江總，這是我和喬樂曦之間的事情，她姓喬，您姓江，和您沒什麼關係吧？」

江聖卓沒生氣，反倒笑得愈加開心：「我就是愛管閒事，尤其是她的閒事，不行嗎？」

白津津看他一眼，對這個男人心有忌憚：「你想怎麼樣？」

江聖卓興致很好的樣子：「我想怎麼樣？這個好說，不懂規矩沒關係，我教妳。」

他一打招呼，立刻有人把酒送過來。

周圍都是平時和江聖卓一起玩的人，一看到有熱鬧都圍過來起鬨。

他拿著幾個啤酒杯和酒盅忙碌了一陣子，看著白津津：「第一杯呢，是小杯威士忌放入大杯啤酒裡，叫原子彈。」邊說邊把酒盅「咚」一聲扔進啤酒裡，很快湧起泡沫。

「第二杯呢，是把小杯啤酒放進大杯威士忌裡，叫中子彈。」

然後江聖卓在冷卻的啤酒杯內倒入四分之三的啤酒，接著先將龍舌蘭酒倒入酒盅中，隨後把酒盅投入啤酒杯裡，拿起銀勺敲了敲，挑眉看著白津津：「這叫潛水艇。」

「還有最後一個壓軸的。」他一招手，又有人端上來一個大盤子，上面有幾十個小酒盅，裡面都是五顏六色的烈酒。

「這個就厲害了，叫航空母艦。妳呢，把這些都喝了，之前的事情我就不計較了。」

江聖卓說完，看著白津津：「怎麼樣？」

白津津被嚇住了，一言不發。

周圍有人看熱鬧不嫌事大，吹著口哨：「帥！」

喬樂曦也被這陣仗嚇到了，用手肘輕輕碰了碰江聖卓，小聲說：「差不多就行了……」

江聖卓沒說話，雙手抱在胸前瞪了她一眼。

喬樂曦立刻沒異議了。

喬樂曦輕輕嘆了口氣，她也清楚，白津津心裡肯定恨死自己了，現在自己做什麼在她眼裡都是虛偽假慈悲，索性旁觀。

她也不是什麼聖母。

有人起哄：「江少欺負女人喲！」

江聖卓玩世不恭地笑：「是啊，我一向無恥，什麼以多欺少啊、恃強淩弱啊、欺負女人啊，我都不介意，怎麼樣？有意見嗎？」

一堆人又哄笑，他們也都知道江聖卓弄這麼大的陣仗肯定是動怒了，雖然不知道白津津怎麼得罪他的，但是事不關己，只當看熱鬧了。

白津津一直沒出聲，忽然端起酒杯開始喝，喝到一半便捂著嘴跑了出去，估計這一吐，能把五臟六腑都吐出來。

幾分鐘後江聖卓出現在洗手間的必經之路上，看到白津津臉色蒼白地踉蹌著走出來，他雙手插在口袋裡，悠閒地晃過去。

「問過妳家裡人了？知道她不是妳可以招惹的了？以後擦亮眼睛，看清楚什麼人能招惹什麼人不能招惹，妳再敢玩陰的，我就能整死妳。」

江聖卓瞇著眼睛看著白津津放狠話，他極少露出這麼冰冷陰狠的一面，白津津眼裡漸漸生出恐懼，半晌才點點頭。

他很滿意地笑了笑，直起身體，轉身離開。

等他踏進大廳，喬樂曦討好地湊近：「你生氣了啊？」

江聖卓看她一眼，無奈地嘆氣。

看到他的臉色恢復了，喬樂曦皺眉：「白津津現在肯定恨死我了！你幫我樹了個敵人！」

「這種人，妳不狠一點，她就當妳是軟柿子！就是要給她點顏色看看！」

「江蝴蝶，我以後再也不敢招惹你了。」

「為什麼？」

「你花樣太多了，還樣樣那麼毒，我怕死無全屍。」

「妳這個臭丫頭！」

兩個人正打鬧，忽然有人叫：「聖卓！」

江聖卓轉頭，笑著走過去：「大哥！」

喬樂曦也乖乖地叫了聲大哥。

江聖謙看著眼前的兩個人笑：「我有點事要先走，你嫂子不太舒服，等一下你幫忙帶一下念一。」

江聖卓一口答應下來：「好嘞。」

「快走吧，等一下念一看見了又要鬧了。」妻子笑著拍拍江聖謙的手臂安慰著。

江聖謙遲疑了一下，就這幾秒鐘的時間，江念一已經察覺到了，本來正和一個小女孩玩的他，忽然就跑過來撲到江聖謙腿上。

白白胖胖的小男生奶聲奶氣地念著：「爸爸、爸爸，你別走，你答應過要陪我玩的……」

兒子淚眼汪汪地看著他，白白嫩嫩的小手抓著他的衣角不放手，江聖謙的心裡很不是滋味，他在外面呼風喚雨一言九鼎，唯獨對妻兒卻一再食言，有時候他真的想放棄，但是……

江聖卓湊上去，摸摸江念一的腦袋：「小子，四叔帶你去玩怎麼樣？」

「我不要你，我要爸爸！」行，被嫌棄了。

喬樂曦蹲下來，哄著他：「念一乖，姑姑帶你去吃好吃的好不好？」

「我不要，我要爸爸！」喬樂曦一樣被嫌棄。

江聖卓和喬樂曦對視一眼，俱是一臉無奈。

江聖謙摸摸兒子的小臉：「你先和四叔和姑姑玩，爸爸趕在晚飯前回來，和媽媽一起陪你吃飯，還講故事給你聽，好不好？」

江念一含著眼淚想了半天，重重地點頭，眼淚因為動作滾滾而下，看得江聖謙又是心裡一揪，妻子走過來拍拍他，他狠狠心轉身走了。

江念一站在門口看著爸爸、媽媽離開，車子開出去很遠他還是沒動。

「念一……」

江念一回頭對江聖卓笑笑：「……爸爸說今天和我一起吃晚飯，還會講故事哄我睡覺。」

江聖卓和喬樂曦哄著逗著半天，終究還是小孩，一下子便笑開了，江念一坐在沙發上搖著兩條小胖腿，耀武揚威地指著江聖卓：「江小四，我可是長子長孫，你不能欺負我！太爺爺說你是……是什麼子？」

喬樂曦在一旁小聲提醒：「逆子。」

江念一立刻想起來：「對，逆子！」

江聖卓「噗哧」笑出來，抬手拍了喬樂曦一巴掌，清清嗓子忍住笑一臉敬重：「是，長子長孫，我這種家門不幸出來的逆子跟您沒法比。」

過了一陣子江念一想起了什麼，站在沙發上摟著江聖卓的脖子親暱地叫：「四叔，我想去遊樂園。」

江聖卓睨他，一臉誇張的惶恐：「喲，長子長孫，您可千萬別那麼叫，我害怕。」

江念一耍賴，使勁搖著他：「四叔，你帶我去吧，四叔……」

江聖卓替他擦擦額頭上的薄汗，逗他：「想去啊？」

江念一眨著大眼睛猛點頭：「嗯！」

江聖卓被他逗笑：「那去穿件衣服，我們這就走！」

喬樂曦跟父親和兩個哥哥打了聲招呼，和江聖卓各自換了衣服，便打算帶著江念一離開，然而剛踏出門就聽到身後白起雄的聲音。

江聖卓轉身站在原地輕鬆慵懶地看著他走近。

「江少，小姪女喝多了我送她回去，就先告辭了。」

江聖卓點頭，抬手幫他整理著領帶，面容清淡，看不出什麼意思：「白叔客氣了，早點回去休息吧。對了，前段時間我養了條狗，但是不怎麼聽話，怎麼訓都沒用，可是回頭一想，就明白了，狗習慣爬著走，你硬要讓他站著，肯定是不行的，對不對？畢竟是狗嘛，不能對它要求太高，把它看好了別亂咬人就行了，對吧，白叔？」

說到最後一句，他抬眼笑著看著白起雄，白起雄的臉色不怎麼好看，良久之後才開口：

「是。」

江聖卓一口一個「白叔」，比喬裕的「白總」還嚇人。

他拍拍白起雄肩膀上根本不存在的灰塵，輕身在他耳邊說：「我知道你和你那個姪女都不服氣，不過沒關係，有什麼儘管對著我來，如果敢動旁人……我狠起來可是什麼都不顧的。」然後直起身恭恭敬敬地打招呼，「我先走了，白叔。」

說完轉身拉著江念一的小手，江念一拉著喬樂曦，三個人一起往外走。

江念一不懂剛才那番話的意思，仰著小腦袋問：「四叔，你什麼時候養了狗，借給我玩好不好？」

江聖卓又恢復那副不正經的樣子：「乖，四叔不養狗，只養你。」

喬樂曦咬唇忍住笑，江念一沒有聽明白背後的涵義，以為江聖卓是告訴他沒有小狗，所以「哦」了一聲。

喬樂曦這下再也忍不住，在一旁爆笑，笑完之後才對江聖卓說：「你何必連白起雄都不放過呢，我還在他手底下幹活呢。」

江聖卓一臉不贊同：「那個地方不待也罷，當初就是打算讓妳暫時過渡一下，妳也該換換地方了，難道妳想每天看小公主的臉色？」

喬樂曦想了一下：「說得也是。我是要打算打算了，回頭我寫寫履歷。」

江聖卓抓住時機建議：「來我公司吧？」

喬樂曦立刻拒絕：「不去！」

江聖卓就知道是這種結果，不甘心卻也沒辦法：「好吧。」

# 第六章　暗戀惶惶

沒過多久，江聖卓叔姪和喬樂曦就在雲霄飛車前上演了這樣的場景。

「四叔，我們去玩那個！」

「行，我們三個一起去！」

「我不去，江小四你快放開我！」喬樂曦抱著一棵樹不放手。

偏偏江聖卓一定要拉她：「喬小曦，妳快點！」

喬樂曦可憐兮兮地看著他：「我害怕……」

「幾十公尺的電塔妳都敢爬，一個雲霄飛車妳就怕了？」

「這個雲霄飛車好變態的，我不坐，你放過我吧！」

「不行！」

幾分鐘後三個人從雲霄飛車上下來，神情各異。

江念一拍著小手大呼過癮，還要再來一遍。

江聖卓神色淡然。

喬樂曦白著一張臉明顯已經傻了，外加腿軟。

玩了一陣子，三個人坐在長椅上休息，江念一開心地啃著冰淇淋，把自己抹成了小花貓。

江聖卓坐在旁邊逗他：「小子，四叔好不好？」

江念一點頭，給出肯定的答案：「好！」

「那我和她，你更喜歡誰？」一邊說邊對喬樂曦揚下巴。

喬樂曦正拿紙巾幫江念一擦汗，聽到這裡很不屑地唾棄他：「幼稚！」

江念一對江聖卓一笑：「我喜歡樂姐姐。」

江聖卓怎麼聽怎麼彆扭，對答案不糾結反倒對那個稱呼不習慣：「喂，小子，怎麼她是姐姐我就是叔叔啊？」

「因為姐姐年輕漂亮啊。」

「我也很年輕啊！」

江念一嫌棄地看著他，似乎不屑和他解釋：「那如果我叫你哥哥，你要叫我爸爸什麼？」

「呃……」江聖卓意識到自己挖了個坑把自己埋進去了。

喬樂曦在一旁爆笑，江聖卓白她一眼：「笑什麼笑，妳以為妳佔便宜了？他叫你姐姐，妳是不是也該叫我一聲叔叔？」

喬樂曦無語：「你連這種便宜都占，也不怕折壽！」

後來江念一吵著要去玩碰碰車，喬樂曦以年紀大了受不了為理由申請休息。於是叔姪兩個就去了，喬樂曦坐在不遠處看著他們，不時抬手和他們打招呼，順便拍照。

「那是妳老公和兒子吧，真好。」旁邊一位年輕媽媽也在等丈夫和孩子。

喬樂曦急忙解釋：「不是不是，妳誤會了。」

年輕媽媽笑：「不用不好意思，我剛才都看到了，父子倆長得多像啊。」

喬樂曦滿頭黑線，人家是叔姪，能不像嗎？

正巧江聖卓正帶著江念一走過來，聽到她們的對話後，忽然壞笑著蹲下來附在江念一耳邊說了句什麼。

江念一還是個孩子，江聖卓陪他玩了一陣子就對他言聽計從，小跑著撲到喬樂曦身上，清脆地叫了聲：「媽媽！爸爸叫妳過去了！」

邊說邊轉頭對江聖卓笑。

年輕媽媽捂著嘴笑，一副逮個正著的得意。

喬樂曦不可思議地看著懷裡一臉天真的小惡魔和站在那裡一臉壞笑的大惡魔。

她氣急敗壞地抱著江念一走過去：「江聖卓！你這個渾蛋！」

從遊樂園出來已經夕陽西下，剛出門口江念一就看到爸爸、媽媽站在車前等著他，他歡呼一聲跑了過去。

江聖謙舉起兒子和他頂著額頭，逗得他哈哈大笑。

吃飯的時候，江念一一邊吃一邊對著江聖謙笑：「爸爸，你能和我跟媽媽一起吃飯真好，還有四叔和姑姑。」

江聖謙伸手幫他抹去嘴角的醬汁，心裡的愧疚又浮起來：「乖。」

江念一瘋了一天，吃完飯就趴在江聖謙肩頭睡著了。

江聖謙一家開車離開。

江聖卓中午喝了酒，來的時候沒開車，現在只能和喬樂曦坐計程車回去。

在計程車後座上，喬樂曦迷迷糊糊地靠在他肩膀上打瞌睡。

江聖卓抬手理了理她耳邊的碎髮，想起下午的事情，嘴角勾起。

如果，將來，真的有個小惡魔叫他爸爸，叫她媽媽，那會是什麼感覺？

——※——

轉眼間，天氣就冷了，喬樂曦把履歷的最終版發出去後，關上電腦準備下班，剛走出辦公室就看到關悅以及皺著眉的謝恒，她心裡奇怪：「你們怎麼來了？」

關悅馬上就要生了，行動很不便，臉色也不太好：「休假前那個專案出了點問題，我要去基地站那邊處理一下，來拿點資料。」

喬樂曦終於明白了謝恒的想法：「妳這個樣子怎麼去啊？真服妳了，妳別去了，我替妳去，妳快回去休息吧。」

關悅不太好意思：「不好吧，我知道妳最近一直加班也挺累的。」

「跟我客氣什麼啊，快回去吧，有什麼事我打電話給妳，就這樣啊，我走了。謝恒，快帶你孩子的媽回去！」

關悅還沒來得及阻止，喬樂曦就匆匆走了。

等喬樂曦到基地站的時候，天已經黑透了，她一下車便看到白津津對幾個工人頤指氣使的，臉立刻垮了下來。

幾個工作人員看到喬樂曦，笑著打招呼：「喬工來了！」

喬樂曦深吸一口氣笑著回應，心裡卻一點都不平靜。

她往裡走了幾步，就聽到有工人嚷嚷：「等喬工過來、等喬工過來。」

喬樂曦這才看到幾個西裝革履的男人，以及被簇擁在中間的那個高大挺拔的身影。

薄仲陽看到她也是一愣，笑著說：「他們說一定要等喬工，我沒想到是妳。」

喬樂曦此時穿著工作服，和那天宴會上的打扮截然不同，她也沒想到薄仲陽在那天匆匆一面後還能認出她。

「薄總。」她沒找到合適的稱謂，只能用官方稱呼。

薄仲陽聽到她叫他薄總，微一抬眉，有種想笑的衝動：「我記得之前這裡不是妳負責的。」

喬樂曦以為他是質疑她的能力，馬上解釋：「關悅就要做媽媽了，實在不方便過來，其實這方面我比關悅更擅長，您不用擔心……」

薄仲陽笑著打斷她：「我沒有別的意思，妳想多了，妳當然很好。」

一句話說得曖昧，喬樂曦不知道為什麼總覺得薄仲陽話裡有話，不爭氣地紅了臉。

她一臉好看的緋紅，垂著頭露出白皙光滑的脖子，薄仲陽微微笑起來。

喬樂曦清清嗓子：「那個，哪裡出了問題？」

調整好了之後，他們一起往外走，遇到工人，不管老少，皆是笑呵呵地和喬樂曦打招呼，喬樂曦偶爾也會停下來和他們聊幾句。

薄仲陽等她空下來才上前一步問：「他們好像很喜歡妳。」

喬樂曦笑，天已經黑透了，起了風，她的頭髮被狂風吹亂，在眼前飛舞。她透過髮絲看著不遠處根本指揮不動工人的白津津，輕聲回答：「互相尊重而已。」

她的聲音在風中被吹得支離破碎，薄仲陽並沒有聽清楚，但也沒打算糾結於此：「真是麻煩妳了，這麼晚了還要妳跑這麼遠。」

喬樂曦緊了緊衣領：「沒什麼，這是我的工作。」

「不早了，我送妳回去。」薄仲陽示意她看不遠處那輛低調的深藍色商務車。

這些年喬樂曦收到過很多類似的邀請，但大多是用詢問的語氣，很少有他這種直接宣佈結果的，這種感覺讓她感覺到新奇，不由得抬眼看他。

這個男人，站在那裡，清雋挺拔，骨子裡怕也是個霸道強勢的男人吧。

其實喬樂曦後來在江聖卓的提示下，回憶起一些片段，但她卻沒辦法把眼前這個男人和記憶裡的那個小小少年聯繫在一起。

她笑著拒絕：「不用了，我開車過來的。」

「那一起吃個飯？」薄仲陽似乎覺察到她對自己帶著小小的抵觸，這次改用詢問的方式，或許是極少對人使用商量的語氣，聽上去有些生硬。

喬樂曦一哂：「薄總，真的不用那麼客氣。」

接連被拒絕兩次，薄仲陽也不氣惱，站在原地點點頭：「好。」

看著喬樂曦開車離去，有個男人走上前問：「薄總，我們走嗎？」

薄仲陽的臉上還是淡淡的笑容：「嗯，開慢點跟在後面。」

薄仲陽坐在後座上閉目養神，偶爾抬眼看一眼前方的車。

到了市區，喬樂曦卻忽然靠邊停了車，衝到馬路對面的一個小攤上，薄仲陽拍拍駕駛座的椅背：「靠邊停下。」

他下了車才看清，原來是個賣烤地瓜的，他又是一笑，原來是嘴饞了。

喬樂曦突然轉身，薄仲陽嚇了一跳——她拎著一大袋的烤地瓜！

她走了幾步，賣地瓜的老人叫住她，搓著手有些拘謹地笑著說了句什麼。

喬樂曦轉身爽朗一笑，大氣地揮揮手，然後和老人告別。

誰知她卻直直地朝薄仲陽走了過來，走近了笑嘻嘻地說：「我知道你一路跟著我呢，放心吧，我高中畢業就拿到駕照了，技術很好呢！」

邊說邊撐開袋子遞到他面前，一副大方的樣子：「挑一塊吧，我請客，很甜的！」

薄仲陽低頭看著黑乎乎還在冒著熱氣的東西，微不可見地皺了下眉。

喬樂曦很快捕捉到了資訊，收回手，有些自嘲地回答：「是我唐突了，薄總怎麼會吃這種東西呢？」

薄仲陽也不尷尬，走了半步，認真地挑了幾塊，然後打開車門招呼幾個助手吃。

他家裡對他的要求一直很嚴格，他從小就被教育街邊小販的東西是不能隨便吃的，而且這些年經商抽菸、喝酒外加作息不規律，他的胃一直不好，吃不了這些東西。

等把手裡的東西分了出去，他才向喬樂曦解釋：「我的胃一直不好，吃這麼一塊能要我半條命。」

喬樂曦這才明白他剛才的遲疑：「不好意思，我不知道……」

薄仲陽很體貼地轉了話題：「就算喜歡也沒必要買這麼多吧？」

喬樂曦看著已經走遠的那個佝僂的背影，一臉認真：「小時候一位長輩跟我說，遇到夜裡擺地攤的，能多買一點就多買一點，別還價，東西都不貴，家境哪怕好一點，都不會大冷天的夜裡在外面擺地攤。當時還小不太懂，後來長大了才明白。」

喬樂曦記得那是個飄雪的傍晚，江聖卓的奶奶來接她和江聖卓放學，天氣不好，又是下班放學的高峰期，路上塞得一塌糊塗。她和江聖卓兩個人趴在汽車後座的玻璃上興奮地看著從天而降的雪花，最後江奶奶帶著他們下車走回家。

江奶奶一手拉著她，一手拉著江聖卓走在街頭，一路上江奶奶買了一袋蔬菜、幾斤蘋果，還有幾份報紙。

小小的她和小小的江聖卓縮在厚厚的圍巾裡，奶聲奶氣地問：「奶奶，這些我們家都有，為什麼還買啊？」

江奶奶對著他們慈祥地笑著解釋：「你們看啊，下雪了，又那麼冷，叔叔、阿姨不把水果和報紙賣完就不能回家，我們把剩下的買了，他們不就可以回家了嗎？」

那個時候她還小，不懂得人世間的艱辛：「為什麼不賣完就不能回家啊？」

江奶奶似乎是在想該怎麼跟孩子解釋，江聖卓撇嘴：「巧樂茲妳笨死了！這是他們的作業啊，不做完就不可以回家啊！就跟我們一樣！」

喬樂曦瞪他一眼，仰著頭問：「是嗎，奶奶？」

江奶奶拉著兩個人繼續走：「大概就是這個意思吧，你們要記得，以後遇到天氣不好就要這麼做。我們吃什麼不是吃、看什麼不是看？只是舉手之勞而已，而他們可以早點回家，家裡或許有人正等著他們吃飯呢。」

那個時候的喬樂曦還不懂，但是她卻清楚地記得江奶奶的話。

薄仲陽站在寒風裡看著眼前這個女子，她似乎在回憶什麼，嘴角掛著一抹淺笑。狂風肆虐的夜晚街頭，她輕描淡寫的笑容本沒有溫度，卻觸動了他的心。

無關愛情、無關男女，只因那份善良和真誠。

初見她只以為又是個嬌生慣養集萬千寵愛於一身的大小姐，和江聖卓鬥嘴玩鬧，再見卻發現她的與眾不同。

她工作時的專注，她對基地站那些工人的平易近人，沒有半分優越感和看不起，以及現在，她還沒下班就趕過去了，飯也沒吃忙了幾個小時，卻還關心著別人早點回家。

真是個不一樣的女孩子。

最後喬樂曦笑著和他告別，回到家打電話給關悅彙報情況。

一接通，關悅中氣十足的聲音就刺穿了她的耳膜：『見到薄總了嗎？』

喬樂曦不知道她什麼意思：「嗯，見到了，怎麼了？」

『是不是很帥、很溫文爾雅啊？欸，你瞪我幹什麼，人家本來就比你帥……』

喬樂曦抱著電話嘿嘿笑，看來是謝恒對自家老婆犯花癡有意見了。

過了幾秒關悅的聲音重新清晰：『據我了解，薄總還是單身呢，要不要考慮一下？』

喬樂曦覺得不能再為她提供八卦元素，立即決定把這個話題拉黑：「對了，妳預產期是哪天？名字取好了嗎？」

關悅忽然安靜下來，半天才回答：『怎麼妳一說，我突然感覺到肚子疼呢。』

喬樂曦嚇得差點把手裡的電話扔了，很快就聽到那邊謝恒緊張的詢問聲和手忙腳亂收拾東西的聲音，然後電話就掛了。

當喬樂曦終於打通謝恒的手機趕到醫院的時候，關悅已經疼了好幾陣，謝恒和兩家父母都圍在病床前幫她打氣。

看到喬樂曦，關悅咬牙切齒地對她飆髒話：「樂曦，妳以後千萬別生孩子，他媽的太疼了！」

喬樂曦皺眉看著關悅已經被疼痛折磨扭曲了的臉，她從沒經歷過這種事情，最多是誰家的孩子辦滿月酒了，她去湊湊熱鬧，而且看到的是爸爸、媽媽抱著寶寶一臉幸福的樣子，但是現在看到關悅的樣子，她覺得關悅的建議很中肯，她最怕疼了。

謝恒看到喬樂曦真的被嚇到了，才解釋：「其實可以剖腹產的，就沒那麼疼了……」

關悅立刻反對：「更不行，樂曦妳別聽他的，肚子上會留疤，多醜！」

喬樂曦雖然緊張擔心，但看到關悅思緒清晰，也有精力和她說話順便反駁謝恒，終於鬆了一口氣。

當護士終於通知可以進手術室了，關悅早已經精疲力竭，喬樂曦在一旁和她說話，鼓勵著她。

關悅被推進手術室後，喬樂曦坐在外面等著，看到謝恒坐立難安的樣子，忽然想知道當年自己出生的時候，喬柏遠在幹什麼。

在開會？在工作？還是和謝恒一樣在產房外焦慮地等著？

正想著，肩膀就被拍了一下，嚇了她一跳。

江聖卓皺著眉一臉痛苦：「在想什麼？叫妳半天都沒反應。」

喬樂曦上上下下地打量著他：「你怎麼在這？」

江聖卓嘟囔著答了句：「……」

喬樂曦沒聽清楚：「你說什麼？」說著習慣性地拉了一下他的手臂，江聖卓立刻呼痛。

「怎麼了？受傷了？怎麼弄的？」問出口才反應過來，「你爸打的？」

江聖卓半天才點了下頭。

想也知道原因，肯定是因為那天的事情，喬樂曦皺著眉拉他坐下：「傷到哪裡了？我看看。」

江聖卓看她都快哭了，忽然又是一臉不正經的笑：「想看啊，都傷在私密的地方，看了要負責任的，妳還要看嗎？」

喬樂曦又急又氣，卻又不敢動他，只能皺著眉瞪他：「你能不能正經一點？」

江聖卓拍拍她：「放心吧，老頭沒下狠手，虎毒還不食子呢！」

她才不信，沒下狠手幹嘛來醫院……

江聖卓看她不信，笑著轉移話題：「對了，妳在這裡幹嘛呢？」

喬樂曦正捲著他的衣袖，想看看傷口：「關悅在裡面生寶寶呢。」

江聖卓不動聲色地收回手臂，往手術室的方向看了看：「喲，這麼巧，那我也等一下好了。」

喬樂曦推推他：「你等什麼啊，快回去休息。」

「不，我也要沾沾喜氣。」

江聖卓不羈地揚著下巴，兩人正說著話，就聽到嘹亮的哭聲，然後看到護士抱著孩子出來了。

謝恒立刻衝上去，小心翼翼地抱著，一臉傻笑：「是女兒、是女兒。」

喬樂曦看著小小的孩子，那麼小，眼睛還沒睜開，但是越看越可愛。

江聖卓碰碰她，小聲說：「妳看謝恒是不是傻了啊？」

邊說邊一臉嫌棄地看著謝恒，謝恒自從看到孩子之後嘴巴就沒闔攏過，現在護士要把孩子抱走，他還不放手。

要是平時喬樂曦早就給他一巴掌了，但是看在他是傷患的分上只能忍著：「你懂什麼，人家第一次當爸爸。」

江聖卓冷哼：「聽妳這意思，妳懂？」

喬樂曦又一次忍住動手的衝動：「不和你說了，我去看看關悅。」

病房裡，謝恒已經從最初的喜悅中清醒過來，正拿著熱毛巾幫睡著的關悅擦臉，臉上帶著溫柔的笑容，眼眶卻有些紅。

喬樂曦站在病房門口看著這一幕，心裡百感交集：「我們還是別打擾他們了。」

說著轉身往外走，還一步三回頭。

江聖卓停下來等她：「妳幹什麼呢？」

喬樂曦唉聲嘆氣：「羨慕啊，羨慕不行嗎？！」

江聖卓一臉壞笑：「這就羨慕了？那我不介意再打擊妳一下。」說著從身上抽出一個紅色信封遞給她，「喏，葉悶騷的紅色炸彈。」

喬樂曦不可置信地搶過來打開看了幾眼：「他來真的啊？真是太不可思議了。新娘是誰啊，上次那個？」

江聖卓點點頭：「嗯，就是那個。」

喬樂曦又開始唉聲嘆氣：「連葉悶騷都結婚了，還有沒有天理啊？我記得我們當時還討論過，說葉悶騷肯定是最後一個成家的，因為他那麼悶一定不會主動求婚，難道還指望女孩子向他求婚嗎？」

江聖卓也義憤填膺：「就是！太沒天理了！」

喬樂曦擺出長輩的架勢，一臉凝重地拍拍江聖卓的肩膀：「聖卓啊，梓楠都結婚了，你和施宸要努力了！」

江聖卓比她高，她拍他肩膀的時候要微微踮起腳尖，配上她嚴肅的表情格外好笑。

江聖卓扶住她搖搖晃晃的身體，看著她的眼睛彆扭地回了句：「我一向是落後分子。」

喬樂曦沒留意他什麼意思：「你？落後分子？你那些鶯鶯燕燕呢，是挑花眼了吧？」

江聖卓白了她一眼沒說話。

喬樂曦笑嘻嘻地繼續：「你肯定要做伴郎嘛，到時候看看伴娘裡有沒有喜歡的，你們一起辦了算了！」

兩人已經走到了車前，上了車，江聖卓惡狠狠地關上車門：「不是！」

喬樂曦被他嚇了一跳，謹慎地繫好安全帶：「什麼？」

江聖卓咬牙切齒地回答：「我不是伴郎！」

喬樂曦終於有了機會，現在不能在身體上折磨他，她立志在精神上摧殘他：「怎麼？被嫌棄了？是不是怕你調戲新娘啊？」

江聖卓看著路況一臉得意：「才不呢！我這麼風流倜儻，葉悶騷是怕結婚當天風頭被我蓋過，才不找我做伴郎的！」

喬樂曦「切」了一聲：「自戀！」

江聖卓當然不會告訴她，當時葉梓楠目睹了那天的事情之後，一臉同情甚至有些幸災樂禍地拍拍他的肩：「我說，家法伺候這頓你肯定是躲不了了，說不定還要在床上躺半個月，我看我結婚伴郎的位置只能另找人選了。」

施宸和蕭子淵在一旁也是一臉壞笑。

果然沒幾天江聖卓就真的被叫了回去，回到家一看情勢才知道薑還是老的辣。

江奶奶不在，江母不在，哥哥、嫂子、小姪子全部不在，只有江爺爺和江容修在等著他。

他也知道父親的脾氣，他死不認錯，江父越打越來氣，下手也越來越狠。

他結結實實地挨了幾下，也不敢躲，後來實在忍不住悶哼了一聲。

一直在一旁悠閒喝茶圍觀的江爺爺忽然發話：「容修啊，聖卓他們這一輩裡那麼多孩子，我一直覺得只有這個孩子最像我孫子。」說完輕飄飄地往樓上走。

江容修知道父親的意思，也就停了手，打是不打了，卻又狠狠地訓了他兩小時，每次都是那幾句話，翻來覆去的他都能背下來了，但還是得老老實實地聽著，站得他的腿都要斷了。

訓完了就被丟出家門讓他自己去醫院處理，沒想到竟然碰上了喬樂曦。

喬樂曦下車前，江聖卓想了想還是決定提醒她一下：「還是儘快離開白氏，以妳的資歷找個工作不是難事，如果妳不想來我這邊，我可以介紹妳去別的地方。」

喬樂曦歪頭看著他：「知道了，你這麼嚴肅幹什麼？」

江聖卓笑了笑：「沒事，快上去吧。」

「其實，我也沒什麼事，你何必為了整她讓自己不好過呢。」喬樂曦站著沒動，懷了小心思，故意嘀咕了一句。

江聖卓隱約覺得最近有些言行確實脫離了他的控制，聲音因為心虛而刻意放大，掩飾著什麼，聽在喬樂曦耳中，卻有一種強調的意思。

「那不行，我們什麼交情啊，我是沒有妹妹，妳就跟我親妹妹一樣，誰敢欺負妳，我肯定不能饒了他。」

她雖早知道結果，但心裡還是有些失落。

親妹妹，真是個魔咒！

——※——

江聖卓看著喬樂曦上了樓，又在車裡坐了一陣子。

這件事說到底他還是莽撞了，不說白家現在也算是枝繁葉茂，不說白家如此忍讓不過是看著他姓江，就算只看在喬樂曦暫時還在白氏，當時他也該收斂點。他是什麼都不怕，可是他怕……關心則亂啊！他一看到喬樂曦受了欺負就什麼都顧不上了。

江聖卓啊江聖卓，你這些年的修為到哪去了？

他坐在車裡反省了半天才離開。

回了江宅，剛下車就看到江母正站在門口等他。

他晃著車鑰匙走近，攬著江母往房裡走：「喲，媽，您站這裡幹嘛呢？表演望夫石啊？」

江母拍拍他的手：「你爸打你哪裡了？給媽看看。」

江聖卓一臉無所謂：「咳，沒事，您當我爸今年還三十啊，還能把我打壞了？」

江母還是心疼，她知道江容修因為這事氣了好幾天，今天故意支開他們叫江聖卓回來，肯定是下了狠手了：「你也是，你爸那個脾氣你又不是不知道，你也倔，認個錯說兩句軟話不就好了？」

江聖卓怕江母擔心，油嘴滑舌地哄著她：「真沒事。媽，我記得小時候我爸一棍子下來我半個月都下不了床，今天打我，我一點都不覺得疼，媽，我爸真的老了。」

江母嘆了口氣：「唉，你都這麼大了，他能不老嗎？對了，梓楠都結婚了，你也趕緊吧！」

江聖卓愣了一下，嘀咕著：「巧樂茲真是個烏鴉嘴。」

他看江母馬上就要把矛頭直指他，估計又要提起誰家的女兒，於是馬上找理由脫身：「那個，媽，我上樓去看看爺爺啊，您早點睡。」

說完就小跑著上了樓，只聽見江母在身後叫他：「這孩子，你跑什麼……」

江聖卓摸上樓，輕輕地推開書房的門，探了個腦袋進去，一臉討好地笑道：「爺爺，還沒睡呢？」

江爺爺正在給江念一講故事，聽到動靜看也沒看他，繼續講著。

江念一坐在椅子上轉著烏黑的大眼睛，趴在江爺爺耳邊小聲開口：「太爺爺，四叔叫你呢。」

江爺爺摸摸他的頭，慈祥地笑著說：「我們不理他，繼續講故事。」

江念一一聽，又轉了轉眼睛，大概明白了什麼，立刻幸災樂禍地笑起來，對著門口叫：「江小四，太爺爺說讓你在門口罰站反省！」

江聖卓無可奈何地笑著：「你這小子越來越沒規矩了，沒大沒小的。」

江爺爺聽到這裡把手裡的童話書啪一聲砸在桌子上：「就你有規矩！」

江念一不但不害怕，反而笑著對江聖卓扮鬼臉，江聖卓沒辦法，只能在門口站著。

江奶奶從隔壁房間走出來，江聖卓對著她擺了個哭臉：「奶奶。」

江奶奶笑笑，走近對著書房裡的小人招招手：「念一，來，跟奶奶去玩。」

江念一乖乖地從椅子上跳下來，跑了出去。江奶奶拉著他往樓下走，回頭對江聖卓使了個眼色。

他心裡清楚老爺子是典型的嘴硬心軟，趕緊溜過去拍馬屁。

「喲，爺爺，您真生氣了？別生氣啊，您別說，我覺得您越老越有氣勢了，雖然我爸平時拽得不行，可您一張嘴就把他震住了！我當時就想趴到地上膜拜啊……」

江聖卓專挑江爺爺愛聽的說，什麼好聽說什麼，最後江爺爺被他逗笑，一直板著的臉也有了幾絲笑容：「你呀，別的沒長進，油嘴滑舌、溜鬚拍馬的本事倒是越來越厲害了。」

「我不是跟您學的嗎，您不是說我最像您嗎？」

「你啊，雖然傻，但是真知道心疼樂曦那個丫頭。說起來，那丫頭也不小了，也該嫁人了。」

江聖卓一頓，抬頭看著他：「您說什麼？」

江爺爺隨意地翻著手裡的書：「昨天薄家有人跟我打聽那個丫頭，看樣子應該是他們家有人看上她了。」

江聖卓漂亮的眼睛微瞇：「薄仲陽？」

江爺爺點頭：「你知道？對，他們家搬走的時候，你也記事了，仲陽那個孩子挺不錯的，雖然從小不怎麼受寵，但現在薄家最有出息的就是他了，和樂曦也算是般配。」

江聖卓很不贊同：「哼，都什麼年代了還包辦婚姻？那個丫頭比我還野呢，她能同意才有鬼呢！」

「怎麼是包辦婚姻呢，說不定他們是互相看上眼了，薄家才來問的呢，你說是吧？」說完還別有深意地看了江聖卓一眼。

江聖卓今天挨了打本就夠鬱悶的，現在就更加鬱悶了。

江聖卓站起來擺擺手：「和我也沒什麼關係，隨便吧。爺爺，我先回去了，您也早點休息。」

江爺爺在身後叫住他：「小子！這一點你可一點都不像我啊。」

江聖卓沒說話，煩躁地扯扯頭髮，抬腳就往門外走，剛走到走廊轉角，江念一突然從角落撲過來：「江小四，你要走了嗎？」

江聖卓捏著他肥嘟嘟的小臉：「叫我四叔！」

江念一呵呵地笑：「四叔，你什麼時候幫我找個嬸嬸？」

江聖卓皺眉，他真的老了嗎？怎麼突然之間結婚這個話題就降臨到他和她的身上了呢？

路上接到孟萊的電話，江聖卓看了一眼就將手機扔到了副駕駛座上，讓它自生自滅，可惜孟萊卻鍥而不捨。

江聖卓佩服她的耐心，沒好氣地接起來，開口的時候卻聽不出半分不耐煩，聲音明快：「嗨，孟萊，找我？」

『聖卓……』孟萊溫溫柔柔地叫了他一聲後便沒了動靜。

江聖卓玩味地笑了一聲：「有話可以直說。」

『嗯……』

「頭好點了嗎？」既然她不開口，那就讓他來開口吧。

江聖卓主動提起，孟萊也好開口了：『那天的事情一直想跟你和樂曦說聲對不起，我……』

江聖卓打斷她：「那天的事情已經過去了，別再提了。」

『我這次回來，沒別的意思，就是想和以前一樣，你說過，我們還是朋友。』

綠燈早已亮起，江聖卓卻沒動，任由身後刺耳的喇叭聲此起彼伏：「孟萊，我們也算認識不少年了，樂曦重感情，有些話不好說，但她不是傻子，妳是什麼人，我也清楚，妳永遠都知道如何利用別人的軟肋來達到自己的目的，白津津傻到被妳當槍使，那是她蠢，可樂曦不會。」

孟萊沒想到江聖卓會這麼直白地拆穿她，她的聲音有些顫：『所以你這麼整白津津是要殺雞儆猴？是要警告我，如果我敢動喬樂曦，下場會比白津津更慘？』

江聖卓大方地承認：「有一部分這個意思，妳很聰明。妳還記得那個白人女孩Rebecca嗎？她的事情我不追究，並不代表換了個人我一樣會不追究。」

孟萊的聲音突然變了，有些清冷，像是變了個人：『你什麼時候知道的？』

江聖卓很平靜地回答：「一開始就知道。」

『那你為什麼不拆穿我？』

江聖卓冷笑：「我只是猜測，並沒有去證實，沒那個必要。」

孟萊突然笑起來：『我明白了，江聖卓，你真的夠狠，我以為你至少是偏袒我的，其實你根本不喜歡Rebecca，也不喜歡我，所以可以旁觀看我們鬥，因為誰輸誰贏對你來說都一樣，除了喬樂曦，你對誰都狠得下心！』

「孟萊，我說過，妳是聰明人，不要做傻事。當年我們就已經兩清了，妳得到了妳想要的東西，我也拿回了自由。」當喇叭聲終於消失後，江聖卓啟動車子，譏誚地道，「更何況，妳愛的並不是我。怎麼，這麼多年還沒找到妳滿意的身分和地位嗎？」

孟萊惱羞成怒地摔了電話。

江聖卓笑著收了線。

——※——

幾天後，是葉梓楠的好日子。婚禮辦得風風光光，他在臺上出盡風頭，可苦了他們這群同齡人，一直被追問什麼時候結婚。

喬樂曦一面賠著笑一面腹誹，這些長輩也都是高階知識份子，其中不乏留過洋喝過洋墨水的，怎麼在某些問題上的執著程度和鄰居大媽沒什麼區別呢。

她思索著怎麼脫身，不斷向不遠處的江聖卓遞眼色。

江聖卓慵懶地靠在柱子上，漫不經心地看著臺上，不時幸災樂禍地對她搖頭，嘴角那抹微笑怎麼看怎麼邪惡。

喬樂曦正孤立無援，突然放在桌上的手機響起來，她如獲大赦地舉著手機：「我去接個電話。」

邊說邊往外走，也沒看是誰打來的就接了起來，剛「喂」了一聲，就看到薄仲陽舉著手機站在噴泉旁對她笑。

他穿了件深灰色的西裝，白色的襯衫筆挺，站在那裡長身玉立，異常顯眼。

喬樂曦笑了一下，掛了手機走過去：「你怎麼知道我想出來？」

薄仲陽微微一笑：「妳在那裡坐立難安，感覺下一秒就要哭出來了。」

喬樂曦摸摸臉：「有那麼明顯嗎？我覺得我裝得挺好的啊。」

薄仲陽也不說話，只是看著她笑。

突然從身後湧出來一大群人，是儀式進行完了，她踮著腳尖往人群中央看，一束捧花從天而降，直直地掉進她懷裡。

眾人跟著捧花的弧線尋過來，看到站在噴泉旁抱著捧花一臉不知所措的喬樂曦，又看到在一旁專注地看著她的薄仲陽，一下子笑起來。

「樂曦！看來妳也是好事將近了！對吧，薄少？」

「對啊，兩人站在一起多般配啊！」

「……」

喬樂曦知道他們沒什麼惡意，也跟著笑，只當是開玩笑。

江聖卓本來還跟著起鬨，看到那兩個人時，臉上的笑容收斂了一些，再想到江爺爺的話，那抹笑卻漸漸加深。

笑也笑了，鬧也鬧了，看時間差不多了，很多人打算離開。

「我送妳回去？」薄仲陽經過上次的教訓，這次認認真真地詢問她的意見。

喬樂曦也想起了上次的事情，心裡覺得好笑，剛想答應，就聽到有人叫她：「巧樂茲，走了！」

喬樂曦轉頭就看到江聖卓站在車前等她。

她立刻回答：「哦。」

然後對薄仲陽笑笑：「不好意思，我先走了，他和我正好順路去看個同事。」

薄仲陽依舊暖暖地笑：「好，是上次妳說生寶寶的那位嗎？」

喬樂曦邊跑邊回答：「是啊，生了個女兒，很可愛。我先走了，拜拜。」

薄仲陽的目光一路追隨著喬樂曦的身影，直到她上車。

他感覺到江聖卓一直在看他，但是他自始至終都沒有和江聖卓對視。

——※——

上了車，喬樂曦一路嘰哩呱啦地說著剛才婚禮上的事情。

江聖卓突然問：「妳覺得薄仲陽怎麼樣？」

喬樂曦認真地想了想：「人不錯啊，有教養、有禮貌，對誰都客客氣氣的。」

江聖卓不服氣：「我對人也很客氣啊。」

喬樂曦很誇張地大笑，笑完之後才奚落他：「你那是客氣嗎？你那是調戲！你的客氣啊，分性別！」

江聖卓有些落寞，聲音中帶著沮喪：「反正我這輩子在妳眼裡都別想翻身了。」

喬樂曦猛點頭，一臉贊同：「江聖卓同志，你這個認知還是很到位的。」

江聖卓白她一眼：「臭丫頭！」

兩個人路上買了點東西去看關悅，謝恒鞍前馬後地忙碌，還沉浸在做父親的喜悅中，喬樂曦和關悅逗著孩子。

「哎，江蝴蝶，你快看啊，好可愛啊！」喬樂曦叫江聖卓過去看。

江聖卓坐得遠遠的，無聊地玩著小孩子的波浪鼓，懶洋洋地打擊她：「可愛是可愛，可惜不是妳的。」

喬樂曦皺著眉看他：「你說什麼？」

「沒說什麼啊，」江聖卓歪著頭看了一眼，唉聲嘆氣，「是挺可愛的，可惜也不是我的。」

喬樂曦聽不明白：「你怎麼回事啊？什麼你的我的？你想要寶寶？」

江聖卓很鬱悶很幽怨地看著她不說話，喬樂曦一頭霧水。

關悅看著這兩個人，笑而不語。

——※——

隔了幾天，喬樂曦找白起雄簽一份文件，順便提起考慮了很久的事情。

「白總，等把手頭的這個項目做完，我就辭職了。」

白起雄摘下眼鏡看著她，笑得不像上級倒像個長輩：「樂曦啊，妳和津津雖然有些小摩擦，但那都是生活上的事。白叔對工作和生活分得很開，妳的能力白叔還是認可的。」

一提到白津津她就頭疼：「不是，白總您誤會了，和別人沒關係，是我自己的原因，我就是這樣，在一個地方待不長，想換個環境。」

白起雄不放心地又問了一句：「真的不是因為別的？」

「真的不是。」喬樂曦在心裡冷笑，難不成我能跟你說，我不想看到你姪女那張臭臉嗎？

白起雄想了想：「嗯，我會交代下去，不會再安排其他項目給妳。」

喬樂曦鬆了口氣：「謝謝白總。沒什麼事我就先出去了。」

從白起雄辦公室出來，喬樂曦一身輕鬆，雖然白起雄同不同意，她都不會留下，但她還是希望能夠按照正常流程走，這樣才不會影響自己以後找工作，畢竟這個圈子只有那麼大。

剛坐下就接到了薄仲陽的電話：「不知道喬工賞不賞臉，中午一起吃個便飯？」

幾次見面後，喬樂曦對薄仲陽印象極好，再加上她心情正好，一口就答應了。

她沒想到她上午剛說要辭職的事情，下午公司裡就傳開了，再加上薄仲陽中午接她吃飯被有心的同事碰到，謠言的可信度變得很高。

喬樂曦站在茶水間門口聽著裡面的現場直播。

「聽說喬工要辭職了！」

「我還聽說中午她和我們一個合作方的老總一起吃了飯。」

「這很明顯啊，就是另攀高枝了唄！」

「乙方變甲方？」

「你們說，會不會……」

「那還用說，不然那麼多工程師呢，幹嘛只挖她啊？」

「對了對了，前段時間不是還聽說她上了華庭江總的車嗎？」

「……」

喬樂曦站在門口，越聽越覺得這幫人的想像力真是太豐富了，她怎麼就延伸不出這麼精彩的版本呢？

她捧著空杯子站在門口，邊笑邊打算回辦公室，剛退了一步就踩到了別人。

她一轉身竟然看到中午剛見過的人：「你怎麼在這？」

薄仲陽身邊沒帶助手，只有他一個人：「來談公事，口渴了來找點水喝，順便聽了場八卦，我……算是男主角……之一嗎？」

喬樂曦這才知道他也已經站著聽了半天，笑得不可抑制：「聽多了就習慣了，我們平時的工作太枯燥了，再不八卦就要死人了。」

薄仲陽似乎不在意，不過他倒是對喬樂曦的大度感到訝異。別人遇到這種事，不上去理論幾句至少也會生氣，可他老遠就看到她站在那裡笑得眉眼彎彎，就算知道自己也聽到了，她也沒有表現出尷尬和羞澀，於是他笑著評價：「心態很好。」

喬樂曦招呼他去辦公室坐，進了門坐下才回答：「你也聽到了，我打算辭職了，最多兩個月，等手上這個項目結束，我就走人了，何必在臨走前得罪人呢。」

薄仲陽目光灼灼地看著她，微笑著繼續上一個話題：「我很少誇人的。」

「呃……」喬樂曦知道他過來談公事肯定不會親自到茶水間找水喝，於是試探著問了句，「那個，你不會是真看上我了吧？」

薄仲陽笑，他心目中的世家小姐皆是揣著明白裝糊塗或揣著糊塗裝明白，對那些若即若離、欲迎還拒的曖昧手段擅長得很，還從沒有人這麼直白地問他。

他也坦白回答：「看上倒也不至於，只是對妳有好感，可以進一步發展。」

喬樂曦本來只是在逗他，沒想到薄仲陽竟然認認真真地回答自己，答案還有些出乎她的意料。

薄仲陽臉上帶著淺淺的笑，一雙眼睛清澈溫和，連表白都是這副清清淡淡的樣子，實在讓她討厭不起來。

正好到了下班時間，薄仲陽提議一起吃飯，喬樂曦想了想便答應了。

餐桌上喬樂曦邊吃飯邊不動聲色地觀察薄仲陽。

他的餐桌禮儀相當規矩，話很少，絕不主動開口說話，可見家教甚嚴，必定是從小受盡荼毒，呆板慣了。

喬樂曦低頭偷偷嘆了口氣，家教是好，不過氣氛就有些壓抑了，嚴重影響食欲啊。

「找好下一家了嗎？」薄仲陽意識到喬樂曦的軟抵抗，很快放下筷子開口問。

喬樂曦看他的樣子像是吃飽了，又腹誹了一番，才笑著抬頭：「還沒有合適的。」

她的小動作被薄仲陽看在眼裡，只覺得俏皮可愛。

「如果喬工不嫌棄，我那裡倒是很歡迎。」

喬樂曦笑著揶揄他：「薄總，關悅休產假了，你們這個項目我已經接手，你這麼公然挖牆腳，不太合適吧？難不成你想把謠言坐實了？」

薄仲陽笑著搖頭，他怎麼忘了，這個工作時嚴謹負責生活上俏皮可愛的姑娘還有一副厲害的唇舌。

——※——

江聖卓和一群人從包廂出來就看到喬樂曦和薄仲陽坐在窗邊又說又笑的，他輕飄飄地看了一眼，又輕飄飄地移開了視線，腳下沒停繼續往前走。

直到幾天後，喬樂曦才察覺到不對勁，到底哪裡不對勁她也不知道，只是覺得好像少了點什麼，心裡很彆扭。

她坐在辦公室裡邊轉筆邊想，想了很長時間才想起來，自己好像很久沒見到江聖卓了。

這麼想著，她就拿出手機撥了過去。

過了很久他才接起來，聲音是一貫的懶洋洋：『喂。』

「還沒起床？」喬樂曦看看時間，「這都幾點了。」

江聖卓漫不經心地『嗯』了一聲，然後便沉默了。

如此安靜的江聖卓讓喬樂曦有些不知所措，她聽著兩人的呼吸聲沒話找話：「在家？」

江聖卓涼涼地回了句：『在姑娘的被窩裡。』

喬樂曦皺眉，覺得他奇奇怪怪的：「你怎麼了？」

江聖卓懶洋洋地打了個哈欠，態度有點冷淡，敷衍中帶著明顯的不耐煩：『沒怎麼，妳有事嗎？』

潛臺詞似乎是有事快說，沒事別打擾我。

他的態度讓喬樂曦突然有些氣惱，自己真是自作多情，碰了一鼻子灰，她對著電話吼：「沒事！我神經病行了吧？」說完就掛了電話，嘴上氣呼呼地唸：「真是莫名其妙！莫名其妙！」

江聖卓慢悠悠地把手機從耳邊拿開，氣了別人，他的心情也不見得有多好，冷著一張臉。

旁邊的人聽著他剛才打電話面不改色地說謊，便調侃他：「喲，江少，我們這裡什麼時候變溫柔鄉了？」

江聖卓睨他一眼：「你廢什麼話啊，葉梓楠怎麼還不來？這合約還簽不簽？不簽就算了！」

旁邊那人立刻賠著笑臉：「簽簽簽！不過，葉總可能不過來了。」

江聖卓心裡本來就窩著火：「不過來了？那還簽什麼啊？」

那人有些為難：「葉總那部分他已經提前簽好了，只差您的了……」

江聖卓摸不清葉梓楠在搞什麼把戲，但也不想糾纏：「拿給我看看吧。還有啊，這是誰定的時間啊，大早上的簽合約，神經病啊！」

那人看著似乎還帶著起床氣的江聖卓，小聲回答：「葉總……葉總說，江總最喜歡睡懶覺了，所以一定要定在早上，越早越好……」

聽著那人戰戰兢兢地說完，江聖卓明白了什麼，落筆那一刻突然停下，笑吟吟地問：「葉梓楠人呢？」

「葉總度蜜月去了，他特地吩咐的，他還說……」那人看著江聖卓的表情忽然說不下去了。

江聖卓好像已經知道了不是什麼好話，臉上的笑容漸漸扭曲，似乎在極力隱忍：「他還說什麼？」

「葉總還說，他可能要半個月才回來，這期間這個案子有什麼問題都可以去找您，您會全權負責。」

江聖卓咬牙切齒地咒罵：「靠，葉梓楠這個賤人！」

說完在白色紙張上龍飛鳳舞地畫了幾筆，憤恨地丟了筆，還不忘冷嘲熱諷一下，似笑非笑地盯著對面的人：「你們葉總的臉是跟聘禮一起打包送出去了是嗎？」

江聖卓心情不好的時候，那張嘴特別的損人，就像個核武器，極具殺傷力，那人完全沒有招架能力，抱著簽好的合約一溜煙地逃離了現場。

之後江聖卓便忙得人仰馬翻，好不容易有了點空，便想起來那個女人，於是有些心虛地打電話給她。

喬樂曦看著手機螢幕上閃個不停的名字，從鼻子裡冷哼了一聲，置之不理。

手機的鈴聲響過幾個輪迴後，辦公室的桌上電話又響了起來，喬樂曦一狠心拔了電話線，微笑著無限感慨：「世界終於清淨了，真好！」

# 第七章　年少時的情懷

下午喬樂曦請了個假和關悅出去逛街。

關悅自從懷了孕就很少有機會出來，現在身體恢復得差不多了，便拉著喬樂曦直奔商場血拚。逛了幾家店後，關悅便發現喬樂曦不太對勁，她是很久沒出來逛了，所謂禁欲久了狂買是正常的，可看喬樂曦的模樣，也像是在和誰比拚，看到順眼的就讓店員包起來，刷起卡來一點也不手軟。

「喂，妳這是怎麼了？」

喬樂曦正對著穿衣鏡比畫著一件大衣，咬牙切齒：「被瘋狗咬了！」

關悅笑：「那瘋狗是不是姓江啊？」

喬樂曦看她一眼，似乎想起了什麼，重重地吐出口氣，試也沒試便讓邊上的店員小姐把衣服包起來。

關悅伸手攔住，笑著對店員說：「等一下啊，我們再看看。」然後轉頭看著喬樂曦，「至於嗎？妳說妳們倆啊，每隔一段時間就來這麼一齣，有意思嗎？跟小孩子似的。」

喬樂曦又挑了件毛衣在身上比畫，一抬頭從鏡子裡看到兩個熟人走進來，一時間有些不知所措，不知道是該假裝沒看到呢，還是假裝之前什麼都沒發生一樣熱情地打招呼。

她一時想不出結果，只能站著看對方的反應。

孟萊看到她沒有半分的遲疑，心無芥蒂地走過來打招呼，白津津則面無表情地站在一旁：「樂曦，好巧啊。」

喬樂曦扯出一抹微笑：「是挺巧的。」

關悅看看白津津，又看看喬樂曦一副要哭不哭的死樣子便猜到幾分，重新打量著白津津旁邊這個看上去溫婉無害的女孩。

兩個人打了招呼之後便沒了話題，四個人乾站著，有些尷尬。

喬樂曦沒心思介紹關悅，好在孟萊也沒問。她剛想說再見，孟萊卻忽然提議：「一起去樓上坐一下子喝點東西？」

喬樂曦皺眉，她並不想去，如果可以的話，她只想打完招呼就快點離開這裡。

關悅倒是笑得和顏悅色，搶先一步回答：「行啊，遇到了就是緣分，正好我也累了。」

喬樂曦不可置信地看看關悅，關悅對她眨眨眼睛。

孟萊笑著問：「這位姐姐怎麼稱呼？」

「我叫關悅，是樂曦的同事，叫我名字就好，不用叫姐姐，這年頭姐姐、妹妹的詞可是罵人用的。」

關悅笑得溫和，卻話裡帶著刺，偏偏這刺讓你挑也挑不出，只能在心裡難受。

孟萊和白津津對視一眼，沒說什麼就往外走。

等孟萊和白津津在前面走了幾步，喬樂曦才苦著臉小聲質問：「妳幹什麼啊？」

關悅拍拍她：「怕什麼呀，我倒是想看看這兩個女人是什麼貨色，能讓妳這麼避之唯恐不及。」

頂樓的咖啡廳，這個時間點坐滿了逛街逛累了的女人，每個人或多或少地拎著各式各樣的戰利品。

喬樂曦真的找不出話題，只覺得她們這樣的組合坐在一起實在是太詭異了。

一直很安靜的白津津此刻卻忽然話多起來。

「關姐的寶寶挺好的吧？」

關悅點點頭：「挺好的。」

孟萊眼睛一亮：「關姐這麼年輕就做媽媽了？真羨慕。」

喬樂曦不知道這兩個人怎麼突然對關悅這麼感興趣，悄悄看了關悅一眼，關悅也是一頭霧水。

白津津很快接話：「萊萊妳沒見過，關姐的丈夫也是一表人才啊。」

孟萊笑了笑：「是嗎？」

白津津攪著咖啡，狀似無意地說起：「對了，關姐，妳可要把姐夫看好了。妳知道的，現在啊，每個男人身邊總有那麼一、兩個賤人，她們打著『朋友』的旗號圍著別人的男人，不親、不抱、不上床，就是圍著，時不時開些出格的小玩笑，傳一些曖昧的小訊息，對什麼人都說『這是我哥哥』，真他媽一幫沒人要又不守婦道的賤貨！」

白津津忽然毫無預兆地扔出個炸彈，孟萊皺著眉在一旁小聲說：「別說了！」

關悅冷笑著剛想回擊卻被喬樂曦不動聲色地攔住，她優雅地抿了一口咖啡，淡然一笑，看著白津津惡毒地笑著：「喬大小姐，您可別多心啊，我真的不是說您，我怎麼敢說您呢。」

白津津：「妳是在說我嗎？」

喬樂曦神情不變：「那妳在說誰？」

白津津一邊笑一邊惡狠狠地回答：「在說賤人。」

「那妳說完了嗎？如果妳說完了，那我就開始說了。」喬樂曦慢慢放下手中的咖啡，慢條斯理地緩緩開口，「白津津，我告訴妳，就算妳是在說我，妳也沒資格！」

見白津津沒話說了，喬樂曦才冷笑著看著孟萊：「孟萊，有話妳可以對我直說，用不著這樣。做人要講良心，我喬樂曦什麼時候擋著妳孟萊和江聖卓了？妳喜歡他，妳大可去喜歡，妳們的事和我有什麼關係？」

她的聲音有些大，不時有人看過來，她微微一笑：「還有，我以後再也不會圍著江聖卓了，他沒那麼好，不值得我犯賤！」說完拿了東西站起來離開。

關悅自始至終都沒開口說過一句話，在喬樂曦走了之後，她才看著眼前的兩個人鼓起掌：「真不錯啊，妳們不去做演員真是暴殄天物啊。對了，白津津，妳和齊澤誠還好嗎？有時候我真是可憐妳啊，被人當墊腳石還當得這麼開心。還有妳啊，妳叫什麼？孟萊是吧？人家小倆口願意玩曖昧、玩若即若離，妳管得著嗎？妳別忘了，妳只是個前女友，重點在個『前』字，妳再心有不甘也沒用了，沒資格三個字什麼意思妳懂吧？」

白津津瞪著關悅：「妳什麼意思？」

關悅不屑一笑：「不明白啊？不明白問妳旁邊那位啊，她明白。不過她肯不肯跟妳解釋就難說了……妳這麼腦殘的孩子也真是不容易。」說完也離開了。

喬樂曦氣得渾身發抖，拎著購物袋站在電梯前等電梯，關悅追上她，看著她的樣子不敢開口。

喬樂曦抬起頭看她，勉強笑著喃喃低語：「這下真的被瘋狗咬了。我真當江聖卓是我哥哥……」下一秒眼眶卻忽然紅了，滿臉的淒涼落寞，「不然，還能怎麼樣呢……」

關悅有些心疼，拍拍她的肩：「樂曦……」

喬樂曦看著她笑著說：「我真的沒事，真的。」

兩個人搭著電梯到了停車場，直到坐進車裡喬樂曦都沒說過一句話。

關悅看她半天沒發動車子，知道她心裡不好受，卻又不得不提醒她。

「我告訴妳啊，會咬人的狗可不會叫，白津津那個傻子就是顆棋子，那個看上去像聖女的白蓮花可不是什麼善類。」

喬樂曦木木地點頭：「知道了。」

關悅恨鐵不成鋼地白她一眼：「妳既然知道，還這麼不禁激將？」

喬樂曦嘆了口氣，她不是中了別人的激將，她只是本能反應。

自己心裡藏了十幾年的祕密，藏得越久，越是不能碰觸，別人稍微影射到一絲一毫便會兵荒馬亂，因為心虛，所以她才立刻跳出來信誓旦旦地反駁，唯恐被別人戳穿。

很多時候，心裡明明不是那樣想的，卻控制不了自己說出相反的話。

很多時候，明明知道這麼做會讓自己難過，可她還是那麼做了。她不知道自己到底在執著什麼，但是她知道，她一直在難為自己，為了別人難為自己。

在一些事情面前，她不灑脫不大度，甚至有些卑微和懦弱，可她卻沒有辦法改變這一切。

——※——

幾天後，喬樂曦在一家酒店的走廊上偶遇江聖卓和葉梓楠，她目不斜視地走過去。

江聖卓一直看著她，直到她走遠，可喬樂曦硬是沒給他任何眼神。

他掛在葉梓楠身上，一臉不解：「她這是怎麼了？最近流行這種冷豔高貴的氣質嗎？怎麼視我們為空氣啊？」

「不是我們，」葉梓楠撥開他，笑著強調，「是你！她剛才對我點頭了。」

江聖卓挑眉，難道還在生他的氣？都過去那麼久了，他是不是該打個電話道個歉？

喬樂曦剛走過轉角就感覺到手機在震動，她看著螢幕，終於鼓起勇氣接起來，沒等對方說話便開口，帶著決絕：「江聖卓，從今天開始，你和孟萊想怎麼樣就怎麼樣，求你們都別再來打擾我了！我不想再和你們有任何糾纏了！以前不想，現在不想，以後更不想！」

江聖卓以為她還在為那天的事生氣，卻不知道怎麼又和孟萊牽扯上了，好聲好氣地哄著：『好了，我們不鬧了，前幾天是我不對，我跟妳道歉，我最近實在是太忙了，沒顧上……』

喬樂曦打斷他：「我說的話你聽不懂嗎？我說我以後不想再看見你了！不想！上學的時候你們耽誤了我那麼久還不夠嗎？為什麼現在還要來招惹我？為什麼？」

江聖卓也火了，每次她發脾氣說出來的話都那麼傷人，一點餘地都不留。

他安靜了好一陣子，再次開口時聲音冷得嚇人：『耽誤？』

喬樂曦緊緊捏著手機，她怕一鬆開，那點少得可憐的勇氣和決心就會消失，沉默了幾秒，她才終於找回自己的聲音：「我真的不想再見到你了。」

江聖卓冷笑了幾聲，很乾脆地回答：『我懂了。』然後便毫不遲疑地掛了電話。

喬樂曦舉著手機聽到嘟嘟的聲音，最後一切歸於平靜。

她站在原地保持著這個動作，不知過了多久，一隻溫暖乾燥的手從旁邊把她的手從耳邊輕輕拉下來，喬樂曦機械地跟著那隻手的引導，半天才轉頭看向手的主人。

薄仲陽安靜地站在旁邊，微笑著輕輕叫她的名字：「樂曦。」

喬樂曦眨眨眼睛，心裡還在想怎麼又遇到薄仲陽了呢，半天才想起來他是約了她在這裡吃飯，剛才自己那番歇斯底里的怒吼怕是全被他聽去了，喬樂曦靠在牆上，閉著眼睛很疲倦地問：「薄仲陽，為什麼你總是那麼淡定，你是怎麼做到的……我好累啊……」

——※——

那天之後人人皆知，喬樂曦和薄仲陽走得很近，偶爾試探性地開兩人的玩笑，兩人皆是默契地笑而不語，不承認也不反駁，在眾人眼裡算是默認了。

江聖卓的心情卻是前所未有的陰霾，那天在飯局上又說起這件事，有人開玩笑：「薄仲陽和樂曦在一起了，以後遇到了就要恭恭敬敬地叫你一聲哥哥了，是吧，江少？」

江聖卓一口喝光杯裡的酒，眼中寒光一閃，冷冰冰地吐出一個字：「滾！」

一幫人嘻嘻哈哈的沒當一回事，又說起別的話題，江聖卓卻沒再聽進去，只是一杯接一杯地喝酒，心裡鬱悶至極。

第二天遇到喬裕，誰知喬裕也笑呵呵地問他：「最近看到樂曦了嗎？這丫頭談了戀愛就把我這個哥哥忘了，好久沒和我聯繫了，看來她很中意薄仲陽。」

江聖卓幽怨地看著他，張張嘴忍了半天還是閉上了，轉身就走。

喬裕笑著叫住他：「欸，不要這麼禁不起逗啊，和你開玩笑呢，薄家那是個什麼地方啊，吃人都不吐骨頭的，我怎麼捨得樂曦嫁過去。」

江聖卓臉色僵硬地轉頭：「好玩嗎？」

喬裕笑得更開心了：「喲，還真生氣了？行了，我想想啊，等改天有機會幫幫你。」

江聖卓一臉的不在乎和自嘲：「不用了，你的寶貝妹妹現在聽到我的名字就煩。」

喬裕詫異：「你們這次到底是怎麼了，鬧得這麼僵？」

江聖卓想起來就生氣：「誰知道她又發什麼瘋，更年期吧，和我有什麼關係？都是被你們寵出來的臭脾氣！」說完恨恨地走了。

喬裕看著江聖卓的身影在心裡思考，和你沒關係？和你沒關係才見了鬼呢。我們寵的？真不知道到底是誰寵的。

——※——

都說情場失意，事業得意，喬樂曦沒看出自己得意在哪裡了，倒楣的事倒是一件接一件。

先是接近下班前接到電話，說是基地站那邊又出了問題要她去一下，到了那邊好不容易調整好了，回來的路上車子竟然壞了。

喬樂曦無奈地嘆了口氣，真是人倒楣了喝涼水都塞牙。

她看著車外一片漆黑又是荒郊野嶺的，自行聯想了一下以往看過的電影裡的犯罪情節，心裡害怕也不敢下車查看，反而又檢查了一遍車門是不是都鎖好了。

她拿出手機反射性地找到那個號碼，就在即將按下去的瞬間停下來，想了想，找到薄仲陽的號碼撥出去。

電話響了兩聲之後被接起，但是沒想到這個時間接電話的卻是個年輕的女人：『喂。』那聲音溫柔得能滴出水來。

喬樂曦頓了一下還是問：「請問薄仲陽在嗎？」

那邊客客氣氣地回答：『仲陽在洗澡，請問妳是哪位，等一下我讓他回電給妳。』

喬樂曦眨眨眼：「不用了，謝謝。」

掛了電話之後，喬樂曦坐在車裡消化著這個資訊，半天才搖著頭笑出來。

男未婚女未嫁的，更何況人家薄仲陽又沒對她怎麼樣，也沒明確表示過什麼，他完全有自由和別的女人接觸。

更何況那個女人溫柔客氣，挑不出半點毛病，喬樂曦忽然想到了什麼，開始苦笑，她這輩子是不是就要栽在溫柔的女子手裡了？

溫柔？致命的溫柔？

笑完之後她又開始煩惱，這個時間該找誰呢？

不遠處的小樹林裡似乎有人影在晃動，害怕的感覺又湧上來，她也顧不得那麼多了，直接找到剛才的電話撥了過去。

沒想到又是個女人接的電話，喬樂曦突然有種中邪了的感覺。

她開門見山地問：「江聖卓在嗎？」

那個女人嬌滴滴有些嘲弄地回答：『江少啊？他現在不在，妳誰啊？』

喬樂曦翻了個白眼：「妳管我是誰呢，叫他聽電話。」

那個女人的語氣也硬了起來：『說了他不在，別再打了，江少忙著呢，哪理有空理妳。』說完便掛了電話。

江聖卓從門外進來正巧看到她把手機放回桌上，他拿起來看了一眼通話記錄，面無表情地問：「妳接了我電話？」

那女人以為這麼晚了打電話給江聖卓的不外乎就是一些鶯鶯燕燕，再加上剛才江聖卓對她照顧有加，便飄飄然起來，可看江聖卓的臉色，她怕是闖了禍了。

江聖卓收起手機拿了外套就往外走，程少追上來賠著笑：「怎麼了？」人是他找來的，沒把江聖卓哄高興還惹惱了他，他急著出來解釋。

江聖卓腳步匆匆，丟下一句話：「我以後不想看到她，就這樣。」邊說邊撥電話，把程少扔在後面。

——※——

車子啟動不了，車內的溫度很快低了下去，喬樂曦坐在車裡覺得無助，抬眼看著前方漆黑的一片，不知道在想什麼。

手機響了很久她才接起來。

聽到她的聲音，江聖卓才鬆了口氣，急急地解釋：『今晚程家老二請客，我去了趟洗手間，手機放桌上就被人接了。』

喬樂曦不帶一絲感情乾巴巴地回答：「沒事，我一直都知道，你身邊從來不缺女人。」

江聖卓急了：『我都跟妳解釋了，妳還想怎麼樣？』

喬樂曦異常冷靜：「我沒有想怎麼樣，我又不是你的什麼人，我不過是車壞了，想問問你能不能幫個忙，如果你覺得我無關緊要不想幫可以直說，不必找個女人來敷衍我，我也不是一定要找你不可。」

她陰陽怪氣半真不假的諷刺讓江聖卓氣不打一處來，經過一番掙扎，最後終究是理智占了上風：『妳在哪裡？我去接妳。』

喬樂曦立即拒絕：「不用。」

江聖卓好聲好氣地哄著：『妳到底在哪裡？這麼晚了，一個女孩子在外面很危險，快告訴我，我很擔心。』

那句擔心讓喬樂曦的心軟下來，小聲地說了地方。

江聖卓又交代她把車門鎖好才掛了電話。

喬樂曦坐在車裡等了一陣子，看著江聖卓的車子由遠及近，然後掉了個頭停在她旁邊，他很快從車上走出來。

他來得匆忙，這麼冷的天只穿了件襯衫，從車上下來的時候微微低著頭垂著眸，在刺眼的汽車大燈的燈光裡，線條分明的側臉更加完美。

她不得不承認，在看到他的那一刻，她是欣喜的，可就是這種欣喜讓她更加覺得自己悲哀，那種無窮無盡的悲涼和絕望如海水般瞬間淹沒了她。

兩個人最近關係緊張，沒什麼交流，江聖卓只是淡淡地說了一句：「車先放這裡吧，我叫人過來拖去維修廠。」

喬樂曦沒說什麼，跟著他上車。

江聖卓嘴裡叼著菸，閒閒地問：「怎麼沒找薄仲陽啊？妳們吵架了？」

喬樂曦靠在椅背上裝死，沒理他。

江聖卓看她一眼：「真的喜歡上那個小子了？」

喬樂曦聽到這句話，把手搭在眼睛上，漸漸紅了眼眶。

江聖卓被她嚇了一跳，減了車速，把手裡的菸掐滅扔出窗外：「妳千萬別哭啊，是不是那小子欺負妳了？我馬上揍他一頓幫妳解氣！」

喬樂曦啞著聲音：「江聖卓，我們以後別再聯繫了。」

江聖卓你是一種毒，會上癮的，我深知自己戒不掉，可是再這麼下去，我肯定會萬劫不復。我不想萬劫不復，所以請你先離開。

江聖卓被她嗆了幾次，好脾氣終於磨盡，怒極反笑，握著方向盤的手越發用力：「怎麼？有了新歡立刻就嫌棄我了？過河拆橋用得可真不錯，用完了馬上就翻臉，要不要我提醒妳，今天是妳主動找我的？」

喬樂曦不理會他，勉強解釋著：「今天是我錯了，我不該找妳的，以後再也不會了。」

江聖卓的手鬆了又用力，冷笑著，喘著粗氣咬牙切齒地回答：「好，真好，沒問題！」

他一路把油門踩到底，把喬樂曦送到了樓下，她還沒站穩，便揚塵而去。

喬樂曦站在原地沒動，看著江聖卓離開的方向，淚水漸漸模糊了視線。

每個人的青春，都逃不過一場愛情，無論是明戀還是暗戀。

有愛，有情，有喜，有樂，卻單單沒有永恆。

年少時的情懷與往事，都已經過去了，是鏡中花，也是水中月，一切都過去了。

她死守著這個心思這麼多年，也該死心了。

江聖卓再好，終究不過是把她當作妹妹，過不了幾年，他就會成家，成為別人的丈夫，他會有他自己的生活，到時候她會叫一個陌生的女人嫂子，不管那個女人是不是孟萊，都與她無關了。

他們的生活軌跡會漸行漸遠，可他們曾經那麼要好，想想就心酸。

——※——

轉眼到了立冬，天氣越來越冷，喬樂曦看著窗外光禿禿的樹枝，沒有一絲生氣。

關悅拿筆敲敲桌面：「喂，雖然我的提議不是很理想，但好歹也是下了功夫的，麻煩妳稍微尊重一下我的工作成果好不好，我親愛的、敬愛的、可愛的喬工？這已經是我重複的第二遍了。」

喬樂曦一臉懵懂地看著她：「剛才妳說到哪裡了？」

關悅無奈地翻了個白眼嘆口氣：「就算妳要走人了也不該是這個狀態啊。」

喬樂曦雙手交疊放在下巴上，趴到桌子上，可憐兮兮地說：「悅悅，我最近覺得好累啊，做什麼都無法專心，我覺得我病了。」

她一向連名帶姓地叫關悅，極少用這種語氣，關悅仔細看著她：「嗯，臉色確實不太好，是不是感冒了？」

喬樂曦無精打采地搖頭，噘著嘴一臉委屈。

關悅看她的樣子覺得也討論不出什麼了，問她什麼也問不出來，就回了辦公室。她前腳剛走，薄仲陽的電話後腳就到了。

喬樂曦接起來，一切如常，聊了幾句，薄仲陽還是問了。

『那天晚上打電話給我了？』

喬樂曦很平靜：「沒什麼事。」

『妳可以問我的。』

「我不想知道。」

『如果我想告訴妳呢？』

「你可以說。」

薄仲陽覺得喬樂曦今天很不一樣，有一種逆來順受的淡定，了無生氣，他笑了『還是算了，如果妳什麼時候想知道了，可以隨時問我。』

「好。」

『今天立冬，晚上一起吃飯？』

喬樂曦頓了半天才回答：「好。」

——※——

江聖卓認真地看著手裡的文件，標了幾個地方遞給葉梓楠：「我覺得這幾個地方還有待商榷。」

葉梓楠接過來掃了幾眼，又看了看時間：「我說，你最近不太正常啊。」

江聖卓正對著電腦標注什麼，頭也沒抬：「哪裡不正常？」

葉梓楠盯著他，摸摸下巴研究著：「怎麼說呢，嗯，太正經了。好幾天了，你還拉著我加班，加班就算了，可你還不吃不喝不說話，平時就沒見你安靜地坐著超過一小時，你什麼時候這麼積極了？還有啊，平時只要隨便一個節日，你都當春節過，今天立冬啊，你都沒反應的，受什麼刺激了？」

看江聖卓沒反應，葉梓楠繼續說：「施宸和子淵已經打了兩通電話過來催了，我還要回家接我老婆，我們是不是可以先吃飯？」

江聖卓忽然闔上電腦，瞪著他：「知道你有老婆！不用時不時拿出來炫耀！」

葉梓楠莫名其妙地看著他，嘀咕：「好像真的不正常，我什麼時候炫耀了？」

江聖卓拿起外套，回頭看他：「走不走？」

葉梓楠跟上去：「要不要叫上樂曦一起？」

江聖卓白他一眼：「你都結婚了，還惦記別的女人幹什麼？」

葉梓楠無奈：「你今天怎麼跟瘋狗一樣啊？以前哪次你不叫上那丫頭啊？」

江聖卓收起之前的面癱，忽然燦爛一笑：「小爺我年輕有為玉樹臨風，想要什麼女人沒有？找那個毛都沒長全的黃毛丫頭幹什麼？」

葉梓楠也不戳穿，像是忽然想起什麼，故意說：「也對，那丫頭最近和薄仲陽打得火熱，大概也沒空理你。」

江聖卓上上下下地打量著他，嫌棄他：「怎麼你自從結了婚就變得這麼八卦呢？」

葉梓楠一點也不介意，發表總結：「江少啊，你是真的不正常。」

江聖卓抓狂：「你才不正常呢，你全家都不正常！」

——※——

兩個人推開餐廳的門，江聖卓本能地掃視了一圈，然後便看到了喬樂曦和薄仲陽。他身體一僵硬，葉梓楠便發覺了，順著他的視線看過去，然後笑著逗他：「真巧啊。」

或許是因為過節，很多餐廳都是高朋滿座，喬樂曦想湊湊熱鬧就提議在大廳裡坐，薄仲陽也沒反對。兩個人才剛坐下，就聽到有人叫她。

她一回頭，就看到葉梓楠邊笑邊拉著江聖卓往這邊走，江聖卓一臉不情願，臉歪向一邊翻著白眼，她也有點尷尬。

葉梓楠不管江聖卓的冷淡，熱情地跟喬樂曦和薄仲陽打招呼，打了招呼也不急著走，江聖卓明示暗示了他幾遍，他一直不理。

施宸遠遠地跑過來，打了招呼就催：「你們怎麼在這裡耗上了，一桌子人等你們吃飯呢。」

葉梓楠對施宸遞了個眼色，施宸看看彆扭的兩個人，立刻心領神會：「樂曦、仲陽，一起坐吧。」

薄仲陽看看喬樂曦，無聲地詢問她的意見，喬樂曦馬上拒絕：「不用了。」

施宸不理會她，插科打諢直接上來拉她：「和哥哥們客氣什麼，走了走了，仲陽跟上啊。」

進了包廂，一桌子果然都是熟人，薄仲陽和他們也很熟悉，很快打成一片，只有江聖卓坐在喬樂曦對面，冷著一張臉。

喬樂曦吃了兩口突然捂著嘴跑出去了，一桌子人愣了一下，然後又心照不宣地看著薄仲陽笑，笑得意味深長。

薄仲陽立刻擺手：「你們別多想啊，她這兩天好像胃一直不太舒服。」

他們都是玩慣了的人，當然不肯信，喝了點酒鬧得越來越沒有規矩。

「梓楠啊，你是我們之中最先結婚的，照理說也該是最早做爸爸的，沒想到倒還是被別人搶了先。」

「是啊是啊，打算什麼時候辦喜事啊？」

「……」

一幫大男人八卦起來絲毫不比女人差，任由薄仲陽怎麼辯駁都沒用，在他們眼裡，解釋等於掩飾。

江聖卓越聽臉色越難看，忽然站起來，笑著說：「我去一下洗手間。」

喬樂曦在洗手間抱著馬桶乾嘔了幾下，她最近飲食不規律，加上有些著涼，胃裡一直不舒服，剛才聞到油腥就覺得噁心。

收拾好了從洗手間出來便看到江聖卓板著臉站在走廊上等她。

喬樂曦硬著頭皮走過去。

不知道他從哪裡弄來的濕毛巾，遞到她手裡，語氣僵硬：「薄仲陽並沒有看上去那麼簡單，妳離他遠點。」說完之後，又彆扭地極快地補了一句，「女孩子要潔身自好。」

他意有所指，意思明顯。

喬樂曦被激怒，冷笑：「潔身自好？你在說你自己嗎？」

江聖卓一看她不陰不陽的態度就來氣：「我怎麼了？」

喬樂曦把毛巾扔回他手裡，一臉倔強：「你怎麼了你自己清楚，管好你自己就好了，我的事你管不著！你是我的什麼人啊？憑什麼管我？」

「是，我不是妳的什麼人，我們兩個就是路人甲和路人乙的關係！我多管閒事！我他媽的就是腦子有病才管妳！」江聖卓一臉笑容，不緊不慢地說著，連爆粗口都是溫溫和和的。說完轉身就走，路上還踹翻了一棵盆栽。

喬樂曦低頭倔強地咬著唇，站在那裡半天沒動，良久之後才一臉迷茫地喃喃低語：「我不要你管，江聖卓，你如果不喜歡我就別管我……」

葉梓楠看著眼前的情況不禁皺眉。

——※——

今天他和江聖卓來應酬，不知道江聖卓這傢伙怎麼了，太極也不打了，來者不拒，自從上了桌酒杯就沒離過手，對方帶的幾個人都快被他喝倒了，他才笑著起身去洗手間。

江聖卓剛離席，葉梓楠就成了攻擊目標，對方明顯已經喝得分不清東西南北了，他對旁邊人遞了個眼色，趁機抽身出去找江聖卓。

洗手間裡，江聖卓已經吐完，正慢條斯理地洗著手。

葉梓楠點了一根菸醒酒：「欸，你的臉色不好，等一下我替你擋擋，你別再喝了。」

江聖卓用冷水洗了把臉，平時嬉皮笑臉的樣子一點都沒了：「我看上去像喝多了嗎？」

葉梓楠看他的樣子是越喝越清醒，這樣才最可怕：「不像，但是……」

「那不就行了。」說完扔下葉梓楠便出去了。

回到酒桌上，他又喝開了，臉色也越來越難看，明顯看到額上不斷冒汗，舉著酒杯的手不斷用力卻一直在發抖。葉梓楠剛想問他怎麼了，他突然吐出一口血，緊接著直直地倒了下去。

江聖卓剛開始只覺得心慌氣短，胃裡疼得像是錯了位，一口酒下去便覺得喉間腥甜，眼前忽然黑了，倒下去的時候只能模模糊糊地聽到驚呼聲。

葉梓楠打了個電話給宿琦哄著她先睡，剛掛了電話就看到溫少卿走出來。

「他沒事吧？」

溫少卿摘下口罩，溫和一笑：「暫時死不了。」

葉梓楠沒忍住笑出來，在醫院這種地方，這種話大概只有溫少卿能說得出來。

——※——

第二天江聖卓醒來的時候，看到喬裕正西裝革履地坐在沙發上看晨報。

江聖卓現在看到姓喬的就心煩：「你怎麼在這？」

喬裕收起報紙，笑瞇瞇地回答：「今早開完會聽說江公子昨晚英勇負傷，特地來看看。」

江聖卓皺著眉虛弱地說：「我現在這個樣子，你就別再奚落我了。」

喬裕收起笑臉：「那我們就說點正經的，最近心情不好？」

江聖卓沒精力反駁，沉默。

「和樂曦有關？」

江聖卓澈底閉上了眼睛，似乎很抵觸這個話題。

「你們到底怎麼了？她什麼脾氣你還不知道？你還真的和她生氣？讓一讓不就好了？」

江聖卓猛地睜開眼睛，質問他：「是我在和她生氣嗎？她一口一個不想看見我，恨不得躲到十萬八千里遠，我幹嘛還要拿熱臉去貼她的冷屁股？」

喬裕想了想：「因為薄仲陽？這就有意思了，當年你笑著大大方方地幫樂曦介紹男人的風度去哪裡了？」

江聖卓沉默不語。

那個時候他是心存試探，而且他心裡清楚，喬樂曦根本看不上那些人。

可是現在不一樣了。

現在他們已經長大了，會接觸到越來越多的人和事，有些事情可能正在脫離他的控制，他不確定了。說不定某一天，喬樂曦會笑著跑來告訴他，她喜歡上了哪一個男人，那個時候他又該怎麼辦？

一想到這種可能，什麼氣度啊優雅啊，全都不見了，只剩下內心的煎熬。

喬裕想著這兩個彆扭的人，心裡嘆口氣：「行了，我知道了，你好好養著吧，我先走了。我看啊，這個哥哥你就繼續做著吧！」走到門口又回頭，「要不要我告訴她一聲，讓她來看看你？」

江聖卓翻了個白眼：「不用！」

喬裕無奈地笑，邊走邊搖頭：「苦肉計，多好的機會啊，這個傻子！」

——※——

幾天後喬裕約喬樂曦吃飯。

雖然她一臉的雀躍，可是眉宇間的鬱色卻揮之不去，更顯得她的笑容帶著刻意和勉強。

他看了喬樂曦半天，才開口問：「聖卓不是這週末出院嘛，大家打算聚聚幫他慶祝下，妳也來吧？」

喬樂曦忽然停下了手裡的動作，半晌才抬頭看著喬裕假裝平靜地問：「出院？他怎麼了？」

喬裕狀似無意地說起來：「妳不知道嗎？胃出血，挺嚴重的，聽說那天在酒桌上還嘔了血，把梓楠嚇了一跳。」

喬樂曦心裡一跳一跳地難受，皺著眉：「胃不好還喝酒，有病啊？」

喬裕點點頭，小聲附和：「確實有病，還病得不輕。」

罵完了喬樂曦才冷而彆扭地問：「什麼時候的事啊？」

喬裕一本正經地回答：「早了，這都快出院了，怎麼，妳們最近沒聯繫過？」

喬樂曦淡淡地嗯了一聲。

喬裕忍住笑，挑眉問：「那……到時候妳去嗎？」

喬樂曦低著頭，懨懨的：「我不去了，你幫我帶份禮物吧。」

「不去了？」喬裕反問一句，「為什麼不去？他的事妳不是一向最積極的嗎？」

喬樂曦突然急了，臉紅脖子粗地辯解：「我什麼時候對他的事情積極了？二哥，你不要亂說！」

喬裕笑著摸摸她的頭：「妳急什麼啊，妳不是一直說把他當哥哥嗎？哥哥的事情做妹妹的不該積極嗎？」

喬樂曦知道喬裕不會無緣無故地在言辭上誆她，有些惱怒地看著喬裕：「二哥，你有話可以直說，用不著把對付外人那一套用在我身上。」

喬裕看著她，覺得是時候和她好好談談了，於是斟酌著開口：「樂曦，妳是個好女孩，妳該去追求妳想要的，我不知道為什麼在這件事情上，妳這麼沒自信。如果妳有什麼困難，可以跟哥哥說，哥哥會幫你。」

這件事情喬樂曦誰都沒告訴過，現在這麼赤裸裸地被拿到檯面上說，她忽然慌了，顧左右而言他：「你是說薄仲陽嗎？我不喜歡他……」

喬裕打斷他，正色道：「妳知道我說的是誰，我自己的妹妹，喜歡誰、不喜歡誰，我還是清楚的。」

喬樂曦洩了氣。

「需要我幫忙嗎？」

喬樂曦搖頭，她相信一切努力都會有回報，除了愛情，這件事誰都幫不上忙。

喬裕知道再逼下去也沒用，這畢竟是他們兩個人的事情，當事人不努力，別人再努力都沒用。

「週末還是去吧，妳們平時總是黏在一起玩，現在突然不相往來，別人不是更會多想？妳就算想避嫌，也要一步一步來。」

喬樂曦心裡擔心江聖卓，糾結了這麼久，一直後悔剛才拒絕了喬裕的提議，再開口反悔又拉不下臉，既然現在有了臺階，她也就順勢下了。

「嗯。」

喬樂曦那天拖拖拉拉地直到快來不及了才出門，路上又塞車，到了目的地時果然遲到了。一推開門就看到江聖卓旁若無人地摟著李書瑤和眾人說說笑笑，臉色蒼白還偏偏一副放蕩的樣子，看到她進來涼涼地開口：「喲，喬大小姐這麼賞臉啊，不過，來這麼晚還不如不要來了。」

喬樂曦冷著臉坐到他對面，眼裡夾著寒冰淡淡地看他：「眼眶發黑、臉色蒼白，典型的縱欲過度還抽鴉片的紈褲少爺。」

江聖卓突然傾身湊到李書瑤耳邊，眼神迷離，語氣曖昧：「抽鴉片是假的，不過，縱欲過度嗎……妳說是真的嗎，書瑤？」

兩個人從小吵到大，一見面就要嗆對方幾句，而且江聖卓又是個口無遮攔的性子，眾人皆以為他們鬧著玩呢，笑呵呵地看熱鬧。

誰知下一秒喬樂曦竟然紅了眼眶，低著頭站起來，連聲音都有些抖：「你們慢慢吃，我有點不舒服，先走了。」

轉身的一瞬間，一滴眼淚落在桌布上，洇染了一片。

這些年在口舌之爭上，江聖卓一向處於下風，每次都被神色淡然的喬樂曦氣得跳腳，而眼前這個局面似乎有些詭異。

江聖卓愣住了，眼看著她拉開門跑出去，門砰的一聲關上，一屋子人全都看向他。

江聖卓神色未變，放在桌下的手卻一下子握緊，他忍了又忍，終究沒忍住，慌忙起身丟下一屋子的人追了出去。

喬樂曦邊跑邊抹眼淚，卻是越抹越多，一路上有服務生看到她詢問有什麼可以幫助的，她也沒理會。

剛轉過轉角就被人從身後拉住，溫暖乾燥的手握在她的手腕上，熟悉的氣息讓她知道是誰，使勁掙扎了幾下沒躲開，她只能停下來，卻倔強著不轉身。

江聖卓繞到她身前，她低著頭不看他。

江聖卓這幾次被她氣得不輕，本想氣氣她，誰知道她竟然哭了，他認識喬樂曦這些年，很少見她掉眼淚。

喬樂曦咬著唇一絲聲音都沒有，卻是越哭越傷心，肩膀不斷抖動。

江聖卓再硬的一顆心都被她的眼淚泡軟了，甚至還有些疼，猶豫了幾次，他最終還是伸出手拉住她的手，包在手心裡，嘆了口氣：「我們不鬧了，都是我不好，都是我的錯，我跟妳道歉，別再哭了，好不好？」

不知道哪句話激怒了喬樂曦，她猛地抬頭看他：「你為什麼要道歉？你憑什麼道歉？是不是這一切在你眼裡都特別無理取鬧，我特別不可理喻？」

江聖卓覺得喬樂曦這一段時間真的有點不正常，他忽然不知道該怎麼回答，他的確不知道自己錯在哪裡。

喬樂曦邊點頭邊冷笑：「不說話就是默認了？是啊，我無理取鬧，我不可理喻，有的是不無理取鬧的人，你去找別人啊，去找孟萊、去找李書瑤啊！去啊，你還來追我幹什麼？對了，你不是喜歡孟萊嗎？你去找她啊！」

江聖卓看著她哭得越來越傷心卻還是嘴硬，晶瑩飽滿的眼淚順著臉頰滾滾而落，鼻尖都哭紅了，只覺得手足無措，心裡又氣又心疼，複雜的感情一下子衝上大腦，那句話差點脫口而出，但他理智尚存，還是硬生生忍住，一時間不知道該說什麼。

他的沉默在喬樂曦眼裡不過是默認，原來他真的還喜歡孟萊，原來自己不過是個笑話。

她感覺一股悲涼襲上心頭，咬牙從江聖卓手裡掙脫出來，順勢推了他一下，轉身大步往外走。她就知道會是這種結局，原來在他眼裡，對她的不一樣都是不存在的，一切都是她的自作多情，怪不得孟萊那麼理直氣壯地來找她，原來她真的擋到別人的路了。

或許江聖卓也是這麼認為的，卻不好意思開口，所以讓孟萊來找她？她在他眼裡不過是個無理取鬧胡攪蠻纏的小女孩吧？年少的時候尚能一起玩鬧，現在長大了就該有各自的生活了吧？

心裡僅存的那絲希望終於化為泡沫，喬樂曦的眼淚怎麼樣都止不住。

她推他的那一下正好推在他的胃上，江聖卓皺了下眉，手捂在胃上，忍了一陣子才抬頭找她，可哪裡還有喬樂曦的影子。

他看著喬樂曦離去的方向，垂著頭喃喃低語：「我愛的一直是妳，不是別的什麼人，妳讓我去找誰……」

江聖卓無力地嘆了口氣，往前走了幾步，走到走廊盡頭的轉角，推開一扇小門。

那裡正對著酒店的後花園，他隨意地坐在臺階上，臺階下鋪著一條鵝卵石鋪成的小路，曲折蜿蜒。

天氣乾冷乾冷的，一絲風都沒有，月色清朗，群星閃耀，可他的心裡卻是一片陰霾。

江聖卓抬頭看著頭頂的星空，深吸一口氣，寒氣深入心肺，頭腦暫態清醒了許多，也驅散了剛才的衝動。可這麼多年積攢下來的複雜感情卻慢慢在心底發酵，怎麼都壓不下去，他想不明白，為什麼他和喬樂曦會變成現在這樣子呢？

她的反應怎麼看都像是吃醋，可心底卻不斷有個聲音告訴自己，不要多想不要多想。

他們從小一起長大，他自認對喬樂曦還是很了解的，對她的喜惡瞭若指掌，可唯獨這情之一字，他從來就沒看明白過。

他煩躁地鬆開領口，忽然想找個人把心裡的話都倒出來，有些話積壓在心底太久，讓他喘不過氣來。

蕭子淵去洗手間的途中路過，走過去又退了回來，靠在牆上懶懶地問：「怎麼了？」

他比江聖卓大了幾歲，幾歲的差距圈子就會有所不同，本來也不會如此熟絡，不過江聖卓是個自來熟的性子，長得好看嘴又甜，小的時候每次見到他都會笑瞇瞇地叫聲哥哥，再加上妹妹蕭子嫣和他相熟，時間久了，便漸漸有了情分。他沒有弟弟，就當他是自己的弟弟。只是難得看到那麼跳脫的一個人安安靜靜地坐著。

江聖卓背對著他，想也沒想就扯了個藉口：「胃疼。」

蕭子淵眉眼一揚便知道怎麼回事了，抵著額頭笑出來：「什麼感覺？」

「錐心挫骨的痛。」

江聖卓的聲音帶著心灰意冷，蕭子淵走了兩步，坐到他旁邊，毫不留情地揭穿他：「胃疼和心有什麼關係？」

江聖卓又沉默了。

蕭子淵看著他沉靜的側臉，收起笑容欲言又止：「樂曦的反應……你就不覺得她是在吃醋嗎？」

江聖卓老老實實地點頭：「覺得。」

蕭子淵試探著：「那你……」

「我不敢。」

江聖卓沒頭沒腦的一句，蕭子淵卻聽明白了，默默地在心裡笑，他終於承認了。

每次提到這個話題就急急忙忙否認的江聖卓終於承認了。

江聖卓安靜了一陣子，清冽的聲音再次響起：「你知道我喜歡她吧？」

蕭子淵一本正經地搖頭：「不知道，你又沒說過。」

「嘶……」江聖卓皺眉瞪他。

蕭子淵不再逗他，點點頭：「看得出來。」

——※——

喬樂曦跑了出去才發現包包忘在了包廂裡，身無分文，只好回來拿，誰知剛走回來，就聽到了江聖卓的聲音，她停住腳步，站在牆角默默地聽著。

她想知道，江聖卓口中喜歡的「她」到底是誰。

江聖卓看著前方，眼裡都是迷惘和低落：「你們都看得出來，唯獨她看不出來……我暗戀了她那麼多年她都看不出來……」

最後一句話從他口中輕緩地滑出來，她雖然看不到他的臉，可也能想像到此刻他臉上的委屈和不甘。

暗戀？這個詞怎麼會從江聖卓的口中說出來？委屈這個詞又怎麼會出現在江聖卓的身上？他哪裡是會委屈自己的人？

喬樂曦有些不可置信，他口中的那個「她」是孟萊嗎？

江聖卓抬頭看著天空中最亮的那顆星，淡淡地笑著，聲音帶著壓抑的輕緩，似乎在努力克制著什麼，細聽還帶著一絲顫抖：「我以為我這輩子都不會說出來，可剛才一著急那句話差點就脫口而出。我一直不敢告訴她，現在卻覺得也許剛才說出來也好，那樣我就可以解脫了，不用再折磨自己了。」

蕭子淵微微轉頭看了江聖卓一眼，他臉上的是落寞和痛楚嗎？

那個整天嬉皮笑臉的小子終於長大了嗎？

「我也不知道是從什麼時候開始的，就喜歡上了。當年的那封情書真的是寫給她的，我以為……我以為她也是喜歡我的。」江聖卓說到這裡忽然笑了一下，有些自嘲的意味，似乎在回憶，但是很快便接著說，「那封信我寫了好幾天，我知道她一直喜歡葉梓楠的字，所以特地讓梓楠幫我抄了一份，因為了這件事，他笑話我好多年。可她卻還了回來，那個時候我才知道，原來這一切都是我自作多情了。後來我怕她生氣躲著我才胡說八道，說我是逗她玩的，其實這句才是謊話。我說了所有的真話，她都不信，卻偏偏信了這句謊話。」

江聖卓一直抬著頭緩緩地說著，沒有什麼邏輯，似乎是想到什麼就說什麼，此刻的他安靜沉穩，是喬樂曦所不熟悉的那一面。

喬樂曦扶著牆的手開始發抖，巨大的震驚之後便是不知所措的慌亂。

這到底是什麼情況？

他口中那個喜歡了很多年的「她」，竟然是自己？

「我知道她一直把我當哥哥，這麼多年我也想過放棄。可有時候夜裡忽然就醒了，然後就再也睡不著，開始想她。每次我都下定決心，說服自己，就這樣吧，把她當妹妹算了，何必這麼折磨自己，可第二天再見到她的時候卻推翻了所有，之前的那些決定全都做不到。我也試著走得遠遠的，可心裡有了人，就算走得再遠，她還是在你心裡。」

「還有什麼，對，還有孟萊。我從來沒喜歡過孟萊，她……我，怎麼說呢，我起初是怕總是找樂曦，她會多想，會躲著我，所以想著她和孟萊關係好，通過孟萊的關係，那丫頭就不會多想了吧？可後來卻越來越說不清楚了。孟萊她並不喜歡我，或者說她喜歡的不是我這個人，她喜歡的是金錢和地位。她很小的時候父母出了意外去世，是被姑姑養大的，她吃了很多苦。她不想再過苦日子了，而她想要的，我恰好能提供給她，我們，算是各取所需吧。後來出了國，她漸漸察覺到我喜歡的是樂曦，不知道她對樂曦說了什麼，那幾年樂曦一直沒和我聯繫，我也忍著不和她聯繫，不知道到底在和誰較勁。」

「那年聖誕夜，我記得特別清楚，我們已經兩百八十三天沒聯繫了，我真的受不了了，於是我和孟萊攤了牌，給了她她想要的，我們和平分手。那晚我本想告訴樂曦這一切，可我們在公寓門口坐了那麼久，我還是說不出口，那個時候我才知道自己有多懦弱。我一次又一次地鼓起勇氣，卻在開口的那一剎那洩氣。我們一起長大，有那麼多回憶，我每次想起來都會問自己，她也是喜歡我的吧？可是又怕自己多想，我知道，她對於不喜歡的人會躲得遠遠的。」

「我不敢對別人說，我怕一旦說出口，終有一天會傳到她耳朵裡。我自己都守不住的祕密又怎麼能指望別人守住呢？我一個字都不敢提，我一遍一遍地問自己，她是喜歡我的吧？她或許是有一點喜歡我的吧？卻從來不敢問她。」

江聖卓轉過頭對蕭子淵一笑，平靜溫和，帶著大病初愈的頹廢，眼中似乎還帶著一絲絕望：

「還有什麼？大概沒有了吧？其實還有很多很多，可是我現在忽然想不起來了，子淵哥，喬樂曦三個字，對我來說就是個魔咒……」

喬樂曦已經傻了，她睜著濕漉漉的眼睛，臉頰上還掛著未來得及擦拭的淚，愣愣地看著江聖卓的背影，像是受了驚嚇，本想開口叫他，可嘗試著張了幾次口卻一個字都說不出來。

那個時候，她少不更事，他年少輕狂，那天她去找江聖卓，在教學大樓的轉角處聽到他和別人說話。

「欸，喬樂曦是不是喜歡你啊，怎麼對你那麼好？」

她聽到這句一顆心便怦怦直跳，心虛得連江聖卓後來說了什麼都沒聽就直接跑掉了。

誰知下午江聖卓便來試探她，問她喜歡什麼樣的男生，她胡扯了幾句就把他趕跑了。又過了沒幾天，他竟然塞了封情書給她。

那天晚上，她躺在床上抱著手電筒整整看了一夜，多希望這一切都是真的，多希望這封信真的是他寫給她的。

可是，那筆跡明顯不是他的，而是葉梓楠的。

他們幾個從小一起學寫毛筆字，對各自的筆跡最清楚不過。

這封情書的誕生大概是幾個男生無聊下的產物吧？一個出主意，一個口述，一個代筆，而她恰恰成了被捉弄的那一個，真是可悲啊。

她一方面生氣，另一方面又心虛，他們為什麼偏偏這麼捉弄她？是不是察覺到她喜歡他？那她以後又該怎麼面對他？

不知不覺間，她抱著那幾張紙睡了一夜。

敏感脆弱自尊心又強的年紀，很容易就錯過了愛情。

第二天她明明心裡一點底氣都沒有，面上卻理直氣壯、怒氣沖沖地把情書扔到他身上。他很快便來道歉，說一切都是鬧著玩的。

果然，一切都如她預想的那樣。

她心情低落，偏偏他還嬉皮笑臉地問她有沒有喜歡的人，問她是喜歡葉梓楠那樣的，還是施宸那樣的。

喬樂曦感覺心虛加煩躁，便說葉梓楠這裡好那裡好，本想打發了他，誰知他又慫恿著她寫情書告白。

那個時候，她便知道他的答案了，他不喜歡她，否則他怎麼會鼓動他喜歡的女孩子寫情書給別人呢。

她失望之餘便從別處隨便抄了一份扔給他，他還信誓旦旦地保證一定會親手送到葉梓楠手裡。

他越是這樣，她心裡越是難受，從此再也不敢多想。

蕭子淵一直安安靜靜地聽著，江聖卓收拾好心情，勉強笑著給了他一拳：「你不會笑話我吧？」

蕭子淵看著江聖卓，一本正經地回答：「江聖卓，你是個好男人。」

江聖卓只當他是安慰自己，笑著站起身，邊說邊轉身：「快回去吧，出來這麼久，他們該著急了。」

才一轉身便看到喬樂曦站在身後，他整個人僵住了。

——未完待續——

高寶書版集團
gobooks.com.tw

YH 058
**以你為名的小時光（上）**

作　　者　東奔西顧
責任編輯　吳培禎
封面設計　陳語萱
內頁排版　賴姵均
企　　劃　何嘉雯

發 行 人　朱凱蕾
出　　版　英屬維京群島商高寶國際有限公司台灣分公司
Global Group Holdings, Ltd.
地　　址　台北市內湖區洲子街88號3樓
網　　址　gobooks.com.tw
電　　話　(02) 27992788
電　　郵　readers@gobooks.com.tw（讀者服務部）
傳　　真　出版部(02) 27990909　行銷部 (02) 27993088
郵政劃撥　19394552
戶　　名　英屬維京群島商高寶國際有限公司台灣分公司
發　　行　英屬維京群島商高寶國際有限公司台灣分公司
初　　版　2021年 10 月

國家圖書館出版品預行編目(CIP)資料

以你為名的小時光 / 東奔西顧著. -- 初版. -- 臺北市：英屬維京群島商高寶國際有限公司臺灣分公司, 2021.10
冊；　公分. --

ISBN 978-986-506-259-0(上冊：平裝). --
ISBN 978-986-506-260-6(下冊：平裝). --
ISBN 978-986-506-261-3(全套：平裝)

857.7　　110016336